絶対に、あなたとだけは結婚しない!!

～嘘泣き聖女は意地悪騎士との婚約を破棄したい～

河津ミネ

Illustration 氷堂れん

eロマンス ロイヤル

Contents

Characters

タマラ

ユリアの専属侍女。優秀かつ思いやりに溢れており、不自由のないようユリアに尽くす。

ジョナス

騎士団の若きホープ。若年ながらも優秀なため、聖女に最も近い護衛を任される。素直。

アルト

エードラム王国の聖女護衛騎士団の副隊長。テオとユリアの一番の理解者であり、良き友人。

ユリア

女神ミラの再来といわれる聖女。魔獣の気配を察知したり、魔獣の呪いを浄化する涙を流すことができる。聖女は高貴な存在とされ、常にヴェールで顔を覆い隠しておりその素顔を知るものは限られる。

テオドロス・ニーラント

公爵家の嫡男であり、エードラム王国最精鋭・聖女護衛騎士団の団長を務める。純白の騎士服に身を包み、燃えるような赤い髪を持つ。

ユリアとは兄妹のように育つも、現在は不仲のよう。愛称はテオ。

序章　慈愛の聖女ユリア

『聖女ユリアは、女神ミラの再来に違いない』

私、聖女ユリアは人々からそんなふうに噂《うわさ》されていた。

まぁ、そう言われる理由はよくわかる。なぜなら私は、女神として祀《まつ》られている初代聖女ミラと同じ銀の髪と紫色の目を持ち、さらに歴代聖女の中で飛び抜けて聖なる力を扱う能力が高いからだ。

最近では「慈愛の聖女」なんて仰々しい二つ名まで付けられてしまって、当人としては慈愛なんて柄じゃないからなんだかこそばゆい。

(でも、慈愛の心はなくても聖女の力は本物なのよね。だからこそ、私はここに呼び出されているわけで)

そんなことを考えていると、一人の男がやってきて私の前に跪《ひざまず》いた。灰色の制服に身を包む男はこの地の騎士団員で私の次の動きを待っている。

ここはエードラム王国の北に位置する領地の神殿だ。かつてこの地を「大いなる災い」が襲い、聖女ミラと、ミラによって力を授けられた英雄ジールが、協力して大いなる災いを退けたと言われている。英雄ジールはのちにこの国の祖となり、ミラとジールの子孫が今も王としてエードラム王

国を護《まも》っていた。

ミラとジールの子孫がエードラム王国を治める一方で、聖女になる者に血筋は関係なかった。聖女となる者は、額に聖女の証《あかし》と呼ばれる印が現れて光るのだ。もちろん私が力に目覚めた時も額に聖女の証が現れて光ったのだが、今は力を使わない時は聖女の証を消すことが出来るようになっていた。

(だって、いっつも額が光っていたら困ってしまうものね)

聖女の力は特別で、初代聖女ミラは空を飛べたなんて話もあるが、私にそこまでの力はない。かつてあったとされる聖女の力のほとんどが今は廃《すた》れてしまっており、私にあるのは魔獣の気配がわかったり、魔獣の呪いを防いだり浄化したりする力ぐらいだった。

私はこの力で魔獣討伐の手助けをするために、北の地までやってきている。

(さて…と)

額に力を集めるように目を閉じて集中すると、目の奥がじんと熱くなってくる。うっすらと目を開ければ目の前のヴェールがきらきらと光を受けて輝いており、額に聖女の証が現れているのがわかった。

高貴な存在である聖女は人前では顔をさらすべきではないとされ、私は常にヴェールで顔を隠している。そのため聖女の素顔を知るものは少ない。目の前に跪いている男でさえ、せいぜい私の銀の髪ぐらいしか見えないはずだ。それでもヴェールの隙間からは神々《こうごう》しい光が漏れ出ており、私自身が光を発しているのがわかるのだろう。目の前の男が身体《からだ》を緊張させた。

女神ミラを祀る祭壇を背に立ち、ステンドグラスから差し込む陽《ひ》の光を受けながらつと手を動かせば、あたりがしんと静まりかえる。私は男を見下ろしながら、いつも通りの決められた文句を口にした。

「あなたに女神ミラの加護がありますように」

私の吐息に合わせて顔を覆うヴェールが微《かす》かに揺れる。まるで陽の光を閉じ込めたように内側からきらきらと輝くヴェールは、聖女の私の姿をよりいっそう神秘的に魅《み》せているに違いない。聖女の力を意識しながらぱちぱちと瞬《まばた》きをすれば、目の縁から涙があふれてきて頬を濡《ぬ》らす。私はそっと涙をぬぐい、その濡れた指先で目の前の男の額に触れた。すると、男の身体がきらきらと淡い光をまとって輝きだした。

「はっ……！」

男は大きく息を呑《の》むと、自分の身体をながめながら頬を紅潮させている。聖女は自分の涙を通して聖女の力を分け与えることができ、聖女の力を与えられた者はこのように光をまとうのだ。

（自分の身体がきらきらと光りだしたら、そりゃ驚くよね。その気持ちわかるよ。うん）

驚く男を見下ろしながら心の中でうんうんとうなずいていると、いきなり男が私の指先を両手で握りしめた。

「慈愛の聖女、ユリア様!!」

（えっ!?　なに？）

聖女の力に感動する人は数あれど、こんなふうに興奮して手を握ってくる人なんてさすがに初めてだ。あわてて手を引こうとするが、男がさらに強く握ってきて放してくれない。いくら私が聖女といっても中身はただのか弱い女なので、鍛えられた男の人の手はふりほどけない。男は陶酔したように、私の手を握りしめたまま熱のこもった潤んだ目で見上げてくる。

「お美しいその姿を拝見できて光栄です」

(お美しいって、あなたからは顔も見えないでしょう!?)

騎士団の男がいきなり聖女の手を握るという異様な光景に、静かだった周りもざわざわと騒ぎはじめる。男は私の手を恭《うやうや》しく掲げると、唇をヌッと突き出して近づけた。男の生温《なまぬる》い湿った鼻息が手の甲にあたり、一気に鳥肌が立つ。

(いやだ! やめて!!)

ヴェールのせいで顔をしかめているのが伝わらなくてもどかしい。聖女の衣服は軽くて上等な布地で作られているが、凝った模様の刺繍《ししゅう》が全面にほどこされているためそこそこ重い。さらに儀式用の大きな宝石のついた首飾りやら腕輪やらも着けさせられているので、逃げようとしてもじゃらじゃらと音を立てて私の動きの邪魔をする。男の唇がいまにも私の手に触れそうだ。

(この……っ!!)

このまま男を殴り飛ばしてやろうかとつかまれていない方の手をグッと握りしめたところで、横から伸びてきた手が男の襟首をつかんでその身体を勢いよく床に転がした。

「うわっ!!」

男の間抜けな声が神殿に響き、一瞬で私の目の前が白と赤で埋まる。純白の騎士服と燃えるような赤い髪。聖女の護衛騎士隊の隊長であるテオが、私を背にかばうようにしながら男との間に身体を入れていた。

「テオ……！」

ほっと息を吐いてテオの顔を見上げれば、暗い赤褐色の目が男を鋭く射抜いている。

「な、なにを……」

「動くな!!」

無様に転がった男は起き上がろうとしたところを、テオに大声で一喝されて身を縮める。私よりもずっと背の高いテオに上から凄《すご》まれて、よっぽど恐ろしかったのだろう。男は顔を白くしたままその場で固まってしまった。テオが他の二人の護衛騎士を呼び、二人はすぐに男を拘束して私の前から動かしてどかす。テオは険しい顔のまま周囲にぐるりと視線を走らせ、凄みのある低い声を響き渡らせた。

「よけいな動きをした者があれば、次は警告なしに斬る」

まだざわついていた神殿内が一瞬で静かになる。

「次！」

テオの鋭い声で騎士団の制服を着た別の男があわてて立ち上がり、私の目の前までやってきて跪く。男に手を握られたショックがようやく落ち着いた私は、ヴェール越しにテオを軽くにらみつけた。

（ふ、ふん。助けるのが遅いのよ……）

しかしテオはそんな私の視線を無視して、早く次の者をと促すように目だけを動かした。

（わかってるわよ！）

私はほぅと息を吐いて集中すると、また瞬きをして涙を流した。そうして涙を指に取り、目の前に跪く男の額に触れたのだった。

一章　絶対に、あなたとなんて結婚しない！

「はぁー、疲れた……!!」

ヴェールをはぎ取り、ソファに腰を下ろす。神殿での儀式を終えた私は、北の地を統《す》べる領主の屋敷の客間に通されていた。聖女の扱いは王族に準じると定められているため、おそらくここが一番豪華な部屋なのだろう。派手すぎる内装はあまり好みではなかったけれど、それでもそろえられた調度品は一目で上等だとわかるものばかりだった。

「ユリア様、お疲れさまです」

すぐに侍女のタマラがそばにきて、ヴェールを受け取る。そして慣れた調子で腕輪や首飾りを手早くはずしていった。人目がなくなってようやく肩の力が抜けるとばかりに、私はソファにごろりと横になる。

「疲れたって言っても、ただちょっと涙を流しただけだけどね」

「いえいえ。ユリア様のお力があるからこそ騎士団だって魔獣の呪いを恐れないで済むのですから！　どうぞゆっくりお休みください」

寝ころんだ私の上着を脱がせながらタマラがねぎらってくれる。タマラは住んでいた村が魔獣に襲われていたところを、聖女である私の力のおかげで助けられ、それが縁で私の専属侍女になった。聖女に心酔しているため遠征にも文句ひとつ言わずついてきてくれるし、さらには私のことを命の恩人だと言って真摯に仕えてくれる。聖女だなんて敬われながらも、その実、人付き合いも厳しく決められている私は、二十一歳にもなって友人と呼べる人が一人もいない。だから三つ年下だけどほぼ同世代のタマラがそばにいてくれて、とても助かっていた。

(タマラの前に仕えてくれた侍女は私よりずっと年上で、こんなふうに寝転がったりしたらとにかく厳しく叱ってくる人だったのよね……)

思い出すだけで恐ろしくてぶるりと震える。前の侍女には話しかけても無視をされ、それなのにすべての動きを監視されて、とても息苦しかったのを覚えている。

「それにしても、このヴェールは邪魔だし、上着も首飾りも腕輪もみんな重すぎよ。こっちの方が聖女の力を使うよりよっぽど疲れるわ！　もう身体中《からだじゅう》がガチガチ」

お行儀悪くソファの肘掛けの上に足を乗せたらスカートの裾がめくれあがってしまったが、疲れて直す気にもなれない。なんだか頭まで痛くなってきたのでこめかみを揉《も》んで痛みを逃がす。

「ユリア様、お背中をお揉みしましょうか？」

「ええ、お願い」

うつ伏せになって背中を預けると、すぐにタマラの手が固まった身体をほぐしてくれる。

「あぁ、気持ちいい。ねぇ、タマラ。この近くには温泉ってのがあるんですって。身体の痛みに効くらしいわよ。それなら私の背中も少しは楽になるかしら」

「それなら帰りに寄れないか、テオドロス隊長に相談してみましょうか」

「えー。また文句を言われないかしら？　ほら、隊長ってばすごく口うるさいから」

テオの厳しい顔を思い出しただけで、ついため息が出てしまう。さっきのことだって隙を見せた私が悪いとお説教されそうだ。

「次の予定はしばらく入ってないですし、少しくらい寄り道をしても大丈夫だと思いますよ」

「そう？　あーあ。それにしても聖女だなんて敬われていても、なにひとつ決められないんだもの。嫌になっちゃう。あっ、そこそこ」

「だいぶお疲れがたまっていますね」

「なんだか最近は魔獣の数が増えていて討伐も多いし、ちょっと聖女を働かせすぎよ」

「聖女はユリア様お一人しかいらっしゃいませんからね」

そう、この国に聖女は私一人しかいない。長いエードラム王国の歴史の中でも、聖女が同時期に二人いたことはないらしい。魔獣に対抗できる力を持つのは聖女だけなので、忙しいのは仕方がないとわかっている。わかっているが、それでも文句は出てしまう。ぶつくさ文句をこぼしていると部屋のドアがノックされた。すぐに開いたドアの向こうから鮮やかな赤が現れる。

「あら、隊長」

見事な赤い髪を揺らしたテオが、いつも通り眉間に深いシワを寄せて不機嫌そうな顔をしている。いや、さっきの無礼な男のせいかいつもよりもシワが深いかもしれない。テオはだらしなく足を出して寝転んでいる私を見下ろして、呆《あき》れたようにため息をつく。

「ユリア様」

「もう少し慎みを持ってください。入ってきたのが俺じゃなかったらどうするんですか」

「な、なによ」

テオはタマラに毛布を持って来させて、私の足を隠すように上からかけた。普段から騎士服をきっちりと着こんで首元まで隠しているテオにしてみれば、こんなふうに素足をさらしている私の格好が許せないのだろう。

この口うるさい意地悪な男テオ――テオドロス・ニーラントは、二十六歳にして私の護衛騎士隊の隊長を務めているが、ちっとも私に敬意を払おうとしない。聖女の身分は王族に準ずるとはいえ、聖女になる前の私はしがない地方貴族の娘だ。それに比べて王弟《おうてい》殿下の息子で国王陛下の甥《おい》にあたるテオは、由緒正しい公爵家の嫡男だ。五つも年下の私を相手に敬意なんて持てないのも仕方ないのかもしれない。

(テオが私に意地悪なのは、きっとそれが理由じゃないけどね)

とはいえあまりにもわざとらしくため息をつくものだから、ちくりとやり返す。

「ふん。もしあなた以外の人が入ってきたら、それはあなたの責任でしょう？　あなたは私の護衛騎士なんだから。それにしては、さっきは止めるのがずいぶん遅かったみたいだけれど」

するとテオがいきなりソファの前に跪《ひざまず》いた。

「た、隊長？」

「先ほどは助けが遅くなり申し訳ありません。お怪我《けが》はありませんでしたか？」

テオは私の手を取ると、怪我がないかを確かめるように指先をなでる。

「っ！　ないわよ」

指先に息がかかり、あわててテオの手をふり払う。テオはいつも不機嫌な顔をしていて目つきが悪いけれど、とても整った顔立ちをしているのだ。そんな顔をいきなり近づけてこられたら驚いてしまう。それにお説教をされるかと思ったら謝られて、まるで私の方がやり返されたみたいだ。悔しくなった私は毛布にくるまってふてくされる。

そうして温かい毛布に包まれていたら、眠気が襲ってきた。儀式が早朝からだったので、まだ少し寝足りないのだろう。小さなあくびが出て、目の縁から涙があふれる。涙とともに額がじんと熱くなり、きっと聖女の証《あかし》も浮かんでしまっている。

(涙と聖女の力が繋《つな》がっているからって、泣くと勝手に聖女の証が出ちゃうのも困りものよね)

あふれた涙を指先で拭っていると、テオが私の涙を忌々《いまいま》しげに見つめている。

「なによ」

「いえ、別に」

「……あなたは私の涙が嫌いだものね」

「そんなはずがないでしょう」

テオがふいと目を逸《そ》らす。テオは意地悪を言うくせに嘘《うそ》はつけないから、どうやら本当に私の涙のことは嫌いではないらしい。

(そうよね。だって、テオが嫌いなのは……)

私はテオから隠れるように毛布をかぶる。

「ふん、どうせ嘘泣きなのが気に入らないんでしょ。慈愛の聖女より、よっぽど嘘泣き聖女の方が似合っているものね」

慈愛の聖女なんて呼び名が似合わないのは、自分が一番わかっている。そもそも私の涙は慈愛の心で流しているわけではない。ただ、初めて聖女の証が出た時に誓ったのだ。自分の心のままに涙を流すのはやめようと。――だから私の涙はすべて嘘泣きだ。

（そりゃあ、さっきみたいに勝手に流れちゃうことはあるけど、自分が悲しくて泣いたり辛《つら》くて泣いたりはしないわ）

とはいえ、私の心の内がどうあれ、人々のために涙を流している聖女の姿は慈愛にあふれて見えるらしい。慈愛の聖女と呼ばれるたびに私は、皆を騙《だま》しているようで心苦しくなる。

（そう……テオが嫌いなのは涙でも嘘泣きでもなくて、みんなを騙している私なんだわ……）

テオの不機嫌顔を毛布の隙間からこっそり盗み見て、私は小さくため息をついた。


再びドアがノックされ、今度は聖女の護衛騎士隊の二人が入ってきた。さらりと流れる黒髪が印象的で少し危険な色気をまとうアルトと、ぶ厚い立派な体軀《たいく》の上に人懐こい笑みを浮かべるふわふわの茶髪をふわりと揺らすジョナス。隊長のテオと副隊長のアルト、その下にジョナスがいて、この三人が私の護衛騎士だ。

「アルト、ジョナス。どうしたの？」

護衛騎士隊の三人は聖女の護衛が主な仕事ではあるが、魔獣討伐の指導も任されていた。というのも、聖女と共に各地の魔獣討伐に赴くため、誰よりも魔獣について詳しいからだ。今日はアルトとジョナスが騎士団を指導しながら魔獣討伐に向かうと聞いている。

「あ、そっか。聖女の力が必要よね。二人ともそこに座ってくれる？」

まだ聖女の光をまとっていない二人に、聖女の力を分け与えようとソファに座りなおす。すると涙を流そうとする私をテオが手で制した。

「必要ありません。今日の討伐には俺が行きます」

「え、あなたが？　どうして？」

「現れた魔獣が大型のようなので、まだ経験の浅いジョナスに任せるには荷が重すぎます」

「そう……」

言われてみれば私が感じている魔獣の気配も、いつもより大きい気がする。

(大型の魔獣なんてめったに出ないはずなのに。最近は魔獣の数も増えているし、なんだか嫌な感じだわ)

胸騒ぎを感じて顔をしかめる私の横で、ジョナスが大きな身体を縮めている。

「オレが未熟なため、隊長にご迷惑をかけて申し訳ありません」

「君はまだ若いんだもの。経験が足りないのはしょうがないさ」

アルトがジョナスの背中をポンと叩《たた》きながらなぐさめる。ジョナスは護衛騎士になってまだ日が浅く、魔獣討伐の経験も小型のものが何度かしかないはずだ。いきなり大型の魔獣の討伐は確かに難しいだろう。

（小型の魔獣だって大きな猪《いのしし》くらいはあるし、中型は馬よりも大きいって聞くわ。大型なんていったいどれくらい大きいのかしら）

アルトとジョナスは魔獣討伐に行かない代わりに、テオがいない間の私の護衛をすることになるので、二人はついさっきまで領主の館の周囲を調べたり、魔獣討伐に行かない騎士団員たちと警備の打ち合わせをしたりしていたのだという。

「じゃあ隊長、あなたに聖女の力を分け与えないと」

テオの方に顔を向けて涙を流そうとしたら、テオがひょいと私の手を取った。

「これで十分です。俺に女性を泣かせる趣味はないので」

そう言うや否や、先ほど涙を拭った私の指先を軽く噛《か》んで舌先でぺろりと舐《な》めた。

「ひゃっ！」

ぬるりとした感触に驚いてあわてて手を引くが、テオはなんでもないような顔をして光をまとった自分の身体を確認している。友人の一人もまともにいない私が男性に慣れているはずもなく、こんな指先を舐められて平気ではいられない。しかしテオは顔を赤くする私に気づかないまま、真面目な顔で魔獣討伐の準備を進めている。なんて憎たらしい男だろうか。

「なによそれ。ふざけてばっかり。そんなことを言って、陰ではたくさん女性を泣かせているのでなくて？　この女たらし！」

「その評価は心外ですね」

不愉快そうに眉間のシワを深くしながら、テオが準備を終える。そしてアルトとジョナスに向かい、自分がいない間の警備について細かく指示を出した。

「アルト、ジョナス。ユリア様を頼んだぞ」

「「はい」」

「それでは、ユリア様。いってきます」

「……いってらっしゃい」

部屋から出ていく後ろ姿を見送ったが、テオはふり返ることもなく行ってしまった。

閉まったドアをいつまでもながめていると、ジョナスが大きな身体をかがめながら心配そうにのぞき込んでくる。

「ユリア様、隊長のことが心配ですか？」

「……別に心配なんてしてないわ。隊長はいつも嬉々《きき》として魔獣討伐に出ていくから、本当は私の護衛よりも魔獣討伐がしたいんじゃないのって思っただけよ」

「そういやオレがユリア様の護衛騎士になったのも、隊長がもっと魔獣討伐に力を入れられるようにするためだって話もありました」

「ほら、やっぱりそうなんじゃない」

どうやらジョナスが私の護衛騎士になったのには、テオが私から離れて魔獣討伐に行きやすくするという思惑があったらしい。

（テオは本当は私の護衛なんてしたくないってこと……？）

不愉快な気持ちと不安な気持ちがごちゃまぜになったのを無視するように、ギュッと目をつぶる。

「魔獣討伐みたいな危ないことをしたがるなんて、隊長は変わっているわね」

そんな私をなぐさめようとアルトが優しくほほえむ。

「ユリア様、テオは誰よりも強いので大丈夫ですよ。安心してください」

「心配なんてしてないって言ってるじゃない！　そういえば彼、最近は純白の騎士なんて呼ばれているんですって？」

「あぁ。どうやら魔獣の返り血を一滴も浴びないことが噂《うわさ》になって、そんなふうに言われているみたいですね」

魔獣は全身が黒く硬い鱗《うろこ》に覆われていて、背中に歪《いびつ》なこぶがあるのが特徴だ。硬い鱗はなかなか刃を通さず、傷をつけること自体が難しい。そのうえ運よく傷をつけることができても、その血に触れると呪われてしまうのだ。呪われた身体は激しい痛みに襲われ、次第に身体が腐り落ちて死んでしまう。しかもこの呪いは普通の傷とは違い、そのままではほとんど治ることがない。呪いを浄化する聖水などもあるがその効果はわずかで、最も呪いに効果があるのが聖女の力だった。

私の涙を通して事前に聖女の力を分け与えられた者は、その光をまとっている間は魔獣の呪いを跳ね返すことができる。しかしその効果は時間と共に薄れてしまうので、わざわざ聖女である私が魔獣討伐の地まで赴いて涙を流しているのはそれが理由だった。そしていくら聖女の力を分け与えられたとしても、魔獣の血を大量に浴びれば呪われてしまうわけで、魔獣を倒す時はいかに血を流させずに退治するかが重要だった。

だから魔獣の血を浴びないというのは、それだけ優秀さの表われではあるのだけれど――。

「ふん、純白なんて全然似合わないわ。本人はあんなに腹黒で意地悪なのにね」

「まぁ、それはそうですね」

アルトが肩をすくめてみせる横で、ジョナスが口を押さえて肩を震わせる。アルトとテオは同い年で寄宿学校時代からの悪友だからか、言葉に遠慮がなかった。

「ねぇ、アルト。いっそ腹黒の騎士の方が似合いそうだと思わない？」

「それか不機嫌の騎士、とか？」

「あらいいわね。いっつも眉間にシワを寄せている隊長にはぴったりよ」

テオの真似《まね》をして鼻の上に思い切りシワを寄せると、やんわりとアルトに止められる。

「そんな顔をすると、ヤツみたくシワが痕になってしまいますよ」

「それは困るわね」

しばらく二人でテオの悪口を言って盛り上がっていると、ジョナスが複雑な顔をして口を挟む。

「はぁ～、隊長にそんなことを言えるのはユリア様と副隊長ぐらいですよ。たしか、ユリア様は隊長とは昔からのお知り合いなんですよね」

「ええ。私にまだ聖女の力が現れる前に、少しだけ隊長のお家《うち》でお世話になっていたことがあるの」

幼い頃に事情があって引き取り手のいなかった私は、テオの家であるニーラント公爵家でしばらく兄妹《きょうだい》のように過ごしていた時期があった。

「その頃から隊長はあんな感じだったんですか？」

「そうよ。すっごく意地悪で、私は毎日、彼に泣かされていたんだから」

そう、初めて会った時からテオは私にだけ意地悪だった。そしてそれは、今も。

「隊長は普段は女性に優しいのに、なんだか不思議ですね」

「ふーん、そうなんだ……。ねぇ、疲れたから少し休むわ」

「はい」

「わかりました」

アルトとジョナスが静かに一礼をして、それぞれ少し離れた所に立ち護衛につく。私がソファに座り直すと、タマラが一杯の水を差し出した。

「ユリア様、お休みになる前にどうぞ」

「ありがとう」

「ベッドでお休みになりますか？」

「いいえ、ここでいいわ」

流した涙の分だけ水をしっかりと飲みながら、昔、テオが同じように水をくれたのを思い出す。

『そんなに泣くと干《ひ》からびるぞ。泣き虫ユーリ』

幼いテオはふてくされた顔をしたまま、一杯の水を差し出してくれたものだった。

（昔……昔のテオも意地悪だったけど、もう少し優しかった……あぁ、でも、私は……あの時から
テオに嫌われているから……）

テオの不機嫌な顔を思い出して胸の奥がチクリと痛む。私はソファに身体を沈めると、毛布を肩まで持ち上げてそっと目をつぶった。

◇◇◇

少しだけ目をつぶったつもりが、気づいたらすっかり寝てしまっていたようだ。どこか遠くのざわついた気配で目を覚ます。

「ん……」

「お目覚めですか」

起き上がろうとしたらタマラがすかさず私の身体を支えてくれた。おそらく昼を少し回ったあたりなのだろう。明るい部屋の中ではアルトが窓から外の様子をうかがっており、ジョナスは外回り中らしく姿は見えなかった。

「お食事の用意をさせますね」

「ええ、お願い……」

なにやら外が騒がしい気がしてぼんやりした頭のまま窓の方に顔を向けると、窓の前に立つアルトがほほえみかけてくる。

「おはようございます。どうやら騎士団が帰ってきたようですよ」

「えっ、もう……？」

夕方までかかると思われた討伐なのに、ずいぶんと早いがテオは無事なのだろうか。不安で顔を曇らせると、ちょうどジョナスが部屋に駆け込んでくる。

「ユリア様！　隊長が戻ってきました。元気そうですよ！」

「そう……良かった……」

ホッと息を吐いてから、はたと気づく。寝ぼけていたせいで、よけいなことまで口走ってしまった。あわてて言い訳を口にする。

「んんっ！　別に心配なんてしてないから！」

「領主に報告を終えたらすぐにこちらへ来るそうです」

私の言葉はジョナスに軽く流されてしまったが、とりあえずテオにまた呆れた目で見られないように乱れた髪と服を手早く整える。ジョナスの言った通りすぐにテオが部屋に入ってきて、私は全然心配なんてしてなかったんだというようにつんと顔を逸らした。

「ん、隊長。おかえりなさい」

「ただいま戻りました。アルト、なにか異変は？」

「ありません」

そんな私にはちらりと目をやっただけで、テオは素早く周囲に異常がないか確認したあと、自分がいなかった間の報告をアルトに尋ねる。もうテオの身体からは私の聖女の光は消えていたが、騎士服は真っ白のままなので魔獣の返り血を浴びずにすんだようだ。

（良かった……）

ぼんやりとテオの背中をながめていたら、急に私の方にふり返って目が合った。

「ユリア様」

「は、はい！　なに？」

見ていたことを気づかれないように、うろうろと目をさまよわせる。

「先ほどのあの男のこともあるので、あまりここに長居したくありません。すぐに出られますか？」

「え？　それは出られるけど……あなたは休まなくて大丈夫なの？」

「問題ありません」

言葉の通り疲れているようには見えなかったが、本当に大丈夫なのだろうか。するとジョナスが事情を教えてくれた。

「あの無礼な男、アレでここの領主の息子らしいですよ」

「えっ！　アレで？」

今日はこのまま領主の館に泊まる予定だったけれど、あの男が近くにいると思うと安心できない。魔獣討伐前の忙しい時でさえアレなのだから、無事に討伐を終えた今の浮かれた空気の中では今度こそどんなふうに絡まれるかわからない。いきなり手をつかまれて怖かったことを思い出して小さく身震いすると、アルトが眉を下げた。

「すみません。まさか騎士団にあんな阿呆《あほう》がいるとは思わず。先ほどはお護《まも》りしきれず申し訳ありませんでした」

ジョナスも一緒になって大きな身体を小さくしており、その姿がおかしくて自然と笑みがこぼれる。

「アルト、ジョナス。あなたたちのせいじゃないから気にしないで」

悪いのはあの男だと告げると、いつの間にかすぐそばに来ていたテオが不満げな声を出す。

「俺には気にするなって言わないんですか」

「え？　だってあなたは私の護衛騎士隊の隊長じゃない。むしろもっと気にしてもいいくらいよ」

思いの外近くにいたことに驚いて反射的に憎まれ口を叩《たた》いてしまう。

（あ……疲れている人に向かって、言いすぎたかしら）

怒らせてしまったかと心配になってテオの顔色をうかがうが、テオはいつも通り眉間にシワを寄せながら出発を早める算段をアルトとつけ始めていた。

（別に私の言うことなんて、どうでもいい……か）

結局、私が遅い昼食をとっている間にテオは今夜の宿の手配も済ませ、出発の準備を終えてしまった。あわただしく出発する私たちを領主は引きとめたがっていたようだが、テオがにらんだらすぐに黙った。おかげでその日の夜には領主の館から離れたところにある宿に着き、王族も使うことのある立派な部屋でゆっくり休むことができたのだった。

◇◇◇

次の日、王都への帰り道の途中で馬から降りたテオが、私とタマラの乗った馬車へ外から声をかけた。

「ユーリ、出られますか」

「うん」

ゆっくりとドアを開けて降りた私は長い銀の髪を深く被《かぶ》った帽子で隠し、少年のようなシャツとズボンを身に着けていた。テオが昔着ていたという服を借りたのだが、今の私が着てもまだ大きくて、シャツの袖とズボンの裾をまくらなければならなかった。ダボダボの服が身体の線を隠してくれるから、これなら中身が聖女だとはわからないだろう。

「あの……どうかな？」

「ん……問題ありません」

頭の上からつま先までじっくりと確認してから、テオが小さく咳払《せきばら》いをする。テオの後ろから顔をのぞかせたアルトも私の姿を見て感心したようにほほえみ、ジョナスも小さく拍手をしていた。

「騎士見習いの少年というには少々美しすぎる気もしますが、聖女には見えませんよ」

「お見事です！」

「へへ、ありがとう」

変装がうまくいったようなので、胸を張って笑ってみせてから、くるりと後ろをふり返り馬車の中をのぞき込んだ。

「じゃあタマラ。しばらくお願いね」

「はい」

そこには私の代わりにヴェールを被って聖女の格好をしたタマラが座っていた。

遠征の帰り道、私はこうやって少しだけ外の世界を楽しむことがあった。さすがに聖女の姿のまま出歩くわけにはいかないけれど、いつもヴェールを被って過ごしているので、着替えてしまえば私が聖女だと気づく人はほとんどいない。ちょっと珍しい銀の髪を隠してしまえばなおさらだった。

ほんの少しだけの、聖女じゃない私の自由な時間。

聖女はその希少さから、行動のほとんどすべてを王家が決めていて自由なんてない。安全のためだとわかっていても、それはとても窮屈な生活だった。八歳の頃に聖女の力に目覚めてからずっと、私は王宮のすぐ隣にある水晶宮《すいしょうきゅう》で生活をさせられていた。外に出られる機会はごくわずかで、その中で魔獣討伐の遠征の帰路はいつもより長く外に出られる貴重な時間のひとつだった。

(もっと小さい時は、危ないからって遠征にも行かせてもらえなかったもの。その頃に比べれば、多少危険なことがあっても外に出られる今の方がよっぽどいいわ)

ちょうど私が十三歳になった頃、魔獣討伐の遠征に行くことが決まり、私の護衛騎士としてテオとアルトが水晶宮にやってきた。そして魔獣討伐の帰り道、少しだけ外を見る時間を作ってもらえるようになったのである。

(昔は外に出ないからって専属の護衛騎士もいなかったし、私と話してくれるような人はぜんぜんいなかったな……)

テオたちが護衛騎士になる前の私は、来る日も来る日も厳しい聖女教育を受けて過ごしていた。朝から晩まで聖女としての心構えやふるまいばかりを教えられ、女神への祈りを捧《ささ》げて過ごすだけの心が擦り切れそうな日々だった。そうして、遠征に行くことが決まったと同時に聖女教育も終わり、新しくつけられた家庭教師にようやく普通の貴族の子女のようなことを教えてもらえるようになったのだった。

（ちょうどあの時期に色んなことが変わったのよね。そのおかげでこんな時間が持てるんだから運が良かったわ）

たとえほんの短いお遊びみたいなものだとしても、聖女としてきっと死ぬまで水晶宮で過ごさなければいけない私にとってはとても大切な時間だ。

（それにいつもは少し周囲の散歩をするくらいだったけれど、今日はなんと――）

私はテオが引いている立派な馬を見て目を輝かせる。テオの馬はジーンといって赤味の強い鹿毛《かげ》で、少し目つきが悪いけど凛《りん》とした雰囲気がテオによく似ていた。

「今日はあなたの馬に乗せてくれるのよね？」

「ええ。ちゃんといい子にしていてくださいね。ジーンは賢い馬ですが、暴れたりすると危ないので」

「もう！　そんな子どもじゃないわ」

さすがに馬に乗って騒ぐような真似はしないし、それくらいの分別はある。テオに手を引かれながら近づいて挨拶をすると、ジーンが目を細めて鼻をすり寄せてくる。

「ふふ、かわいい。よろしくね、ジーン」

するとその様子を見ていたアルトが驚いて声を上げる。

「へぇ、ジーンはテオ以外には懐かないのに珍しいですね」

「そうなの？」

小さく首を傾《かし》げると、テオが眉間にシワを寄せたまま軽くうなずく。でもなんだか機嫌が良さそうで、さっきより心なしか眉間のシワが浅いようだ。

(もしかして、私がジーンにひどいことをしないか心配したとか？)

失礼だ、と怒ってやろうかと思ったけれど、そんなことよりも今はジーンに乗る方が先だ。

「ねぇ、隊長。どうやって乗るの？」

「そんなに焦らないでください。では、今から少しの間、あなたは騎士見習いのユーリです。人目を避けて移動するので誰かに会うこともないと思いますが、もし聞かれたらそのつもりで」

「わかったわ。それならあなたも敬語を使わなくていいわよ。だって不自然でしょう」

「……あぁ。じゃあユーリ、こっちにおいで」

テオに手伝ってもらいジーンの背に乗せてもらうと、足の内側に当たるジーンの身体があたたかくて不思議な感じがする。続いてひらりとテオもジーンの背に乗る。私のすぐ後ろにだ。背中にテオの熱を感じ、驚いて身体を離す。するとぐいと後ろに引き寄せられた。

「ユーリ、じっとしていて。……それと俺のことも隊長じゃなく、テオ、と」

「えっ！　えぇ、わかったわ……テオ」

こんなふうにユーリとテオなんて呼び合っていると、なんだか聖女になるもっと昔に戻ったような気がしてくる。テオの家でお世話になっていたあの頃。あの頃のことを思い出すと、懐かしくて、でも胸の奥が少しだけ痛んだ。私は昔と変わらず今もテオに迷惑をかけてばかりいる。

(テオはこんなに立派になったのに、私は全然成長してないな……)

昔からテオはなんでもできて、私よりずっと大人だった。きっとテオにとっては、今の私も昔と変わらず子どものように見えているのだろう。

行きに比べてゆっくりと馬を進めていくと、ジョナスの馬が並んで横につけた。

「あの、ユーリ様。オレはなんて呼べばいいですか?」

「え? 別にユーリでいいわよ」

「じゃあ、ユーリ……いや、ユーリさんで! オレの方が年下ですし」

にこやかに笑っていたジョナスがなぜか急に顔色を悪くして、顔を引きつらせた。

「そんなの気にしなくていいのに。だってジョナスは、えーと、何歳だっけ?」

「十九です!」

「ふーん、私よりふたつ下なのね。でもほとんど変わらないのだから、呼び捨てで構わないわよ」

「いや、あなたは良くても……」

ジョナスがなにやらぶつぶつとつぶやいていると、アルトが軽やかに声をかける。

「じゃあ僕はユーリでいいかな? だって僕はテオと同い年だし」

「もちろんいいわ……っと、テオ?」

テオが急にジーンの足を速めて、ジョナスやアルトから距離を取る。

「ちょっと、いきなりどうしたの?」

「少しスピードを上げるから、気をつけろ」

「う、うん」

ジーンの駆ける速さが上がり、風が頬をくすぐっていく。後ろでアルトとジョナスが何か言っているようだったが風の音に交じりよく聞こえなかった。目の端を景色が勢いよく流れていき、耳を横切る風の音も心地よい。降り注ぐ日の光が道端の木々の葉を照らしていて、なんだか見るものすべてが輝いているようだ。それは行きに馬車の中で見た景色とはまったく違って見えた。

(こんなの、水晶宮の中じゃ絶対に感じられないわ!)

初めて乗る馬の背は想像よりもずっと楽しくて、私は移りゆく景色に夢中になった。いつの間にか再びジョナスとアルトが近づいていたようで、二人の会話が聞こえてきた。

「そういやあの領主のバカ息子、昨日、我々が帰ると知ってユリア様のこと根掘り葉掘り聞いてきましたよ」

「ジョナス。君、よけいなことは言ってないだろうな」

「あたりまえじゃないですか!」

あの男の話が出たせいか、背後のテオが警戒するように身体を硬くした。魔獣討伐に向かった先で聖女になにかあったら、護衛騎士隊長のテオが真っ先に責任を問われてしまう。昨日は怪我がなくてすんだけれど、帰りのこの時間が楽しみすぎて私にも少し気の緩みがあったのかもしれない。

「ねぇ、テオ。あの、次からはちゃんと気をつけるから」

「次なんてない」

せっかく謝ろうと思ったのに冷たく言い切られて、それ以上なにも言えなくなってしまう。アルトやジョナスとは楽しく会話できるのに、どうしてテオとの会話はこんなにもうまくいかないのだろうか。

（いつも私が怒るか、テオが怒るかだわ。やっぱり私が嫌われているから……？）

さっきまで鮮やかだった景色が少しだけ色あせて見えてくる。すると、テオがタマラの乗った馬車を止めさせ、そのままアルトとジョナスを馬車のそばに残しジーンと横道に入った。

「テオ？　どこに行くの？　タマラは？　アルトとジョナスは？」

「すぐそこだから、黙って。舌を嚙むぞ」

入り込んだ横道は先ほどまでの道と違ってでこぼこで、確かに喋《しゃべ》っていると舌を嚙みそうだった。言われた通りに口を閉じていると、岩場でテオがジーンの足を止める。ひらりとジーンの背から飛び降りたテオが、私のこともゆっくりと地面に降ろした。

テオが私を降ろしたところはいくつかの池があり、よく見ると池からは煙のような湯気が出ている。それになんだか周りがあたたかい。

「靴を脱いでそこに足を入れてみな」

「え？　足!?　あ、もしかしてこれ温泉？」

確かめるように少しだけ手を入れてみれば、池の中の水があたたかい。どうやらタマラがテオに温泉のことを伝えてくれたようだ。

「足を入れていいの？」

「あぁ」

「えぇと、じゃあ……」

せっかくなので靴を脱いで、ズボンの裾を膝までまくり上げる。足を伸ばしてチャポンと爪先を入れると、じんわり熱が伝わってきて、あまりの心地よさに思わず吐息がもれた。

「あっ……気持ちいい……」

テオが、ゴホ、とむせるように咳をする。

「なに？」

「いえ、別に」

私は思い切って膝下の半分くらいまでお湯に浸《つ》けてみる。

「ふわぁ……ん……すごい……気持ちいい……」

初めて馬に乗って足に力が入っていたこともあり、温泉がじわじわとあたためてくれるのが心地いい。いっそこのまま全身で入りたいくらいだ。ふと顔を上げると、片手で口元を隠したテオが私をじっと見ていた。温泉が気持ちよくてよっぽど変な顔をしていたのだろうか。緩んだ顔を見られたのが恥ずかしくて、目を逸らしてうつむく。

「お、乙女の足をじろじろ見るのは失礼でしょう！」

「乙女……ね」

「なによ!?」

「いや、ついこの前もソファで足をさらしていたし、それに昔は山猿みたいに走り回っていたのにな……と思っただけだ」

「……もう、そんなことをするような子どもじゃないわ」

「それに俺はあなたから目を離せないのだから、見るのは仕方がない」

顔を上げればテオがわざとらしく私の目を見つめてくるので、またすぐに顔を下げた。いくら変装していたって、護衛のテオが私から目を離せないのはわかっている。だからそれは別にいい。

(でも、わざわざ山猿みたいなんて言わなくてもいいのに、やっぱり子どもだと思っているんだわ)

おそらくテオは、普段から綺麗《きれい》な女の人の足を見慣れているのだろう。そんな人たちに比べたら、私なんて山猿にしか見えないのも仕方ないが、なんだか胸の辺りがモヤモヤして仕方なかった。

「ふん、スケベ」

「妙なことを言わないでくれ」

「私だって、とっくに恋人や婚約者の一人や二人いてもおかしくない年齢なんだから」

「二人もいたらおかしいだろう」

呆れたように鼻で笑われる。いつも不機嫌で笑わないテオの笑顔は珍しくて、少しだけ懐かしい。

「そういうテオこそ結婚していたっておかしくないのに、よっぽど遊び足りないのね」

「だからその評価は心外だって言ってるだろ」

テオが眉間にシワを寄せる。口は悪いけれど黙っていれば綺麗な顔をしているし、公爵令息なのだから結婚相手など選び放題のはずだ。よほど理想が高いのだろうか。

(結婚……ね)

そう、私だって別にもう結婚していてもおかしくない年齢だ。でも聖女の私が好き勝手に恋人や婚約者を作れるはずがない。

「……どうせ私に人並みの恋愛なんてできるわけないんだけど」

ぼそりとつぶやくと、伸びてきたテオの手にギュッと鼻をつままれた。

「いたっ!　何するのよ」

「別に」

つままれた鼻をさすっていると、テオがなんだか鼻の上にシワを寄せて腹を立てたような顔をしている。

「……ユーリ、少し話が」

テオがなにか言いかけたところで、草むらがガサガサと揺れて大きなトカゲが飛び出してきた。

「きゃ!　って、なんだ、トカゲか。ごめんなさい。それで話ってなに?」

「いや……なんでもない。それより、泣かないんだな」

「え?」

「昔は虫やトカゲを見てすぐに泣いていただろ」

確かに昔はテオが虫やらトカゲやらを見せてきて、よく私を泣かせてきたものだ。でも今の私はちゃんと自分の涙を調整できる。

「ふん。私が聖女になってからは聖女の力を使う時以外は泣かないのを、あなただって知っているでしょう」

つんと顔をそむけながら、テオにはしょっちゅう泣かされていたことを思い出す。

(昔のテオも意地悪だったけど、今と違って笑いかけてくれていたな……)

さっきの笑ったテオは、ちょっとだけ昔のテオみたいだった。

「……むし……リ」

「え？　なにか言ったかしら？」

テオが何かをつぶやいたのはわかったが、風に揺れる木々の音にかき消されてしまう。

「別に」

テオはなんだかまた不機嫌な顔になって、ぷいと横を向いてしまったのだった。


しばらく温泉に入っていたら、足だけでも十分身体があったまってじんわりと汗をかいた。

「そろそろ時間だ」

「はぁい。身体がポカポカする」

額の汗を拭いながら、テオの差し出したタオルを受け取ろうとしたらテオがそのまま私の足元にしゃがみ込んだ。

「え、あの、自分で拭けるわ」

「いいからじっとしてろ」

テオは私の手を取り自分の肩に置くと、そのまま私の足をすくって拭き始める。

「ん……や……くすぐったい……」

くすぐったくて倒れてしまいそうになり、テオの肩をつかんだら服の下の硬い筋肉を感じる。騎士服の向こうの身体が、しっかりと鍛えられているのがわかった。少年だったテオとは全然違う、大人の男の人の身体。

(やっぱり昔とは全然違う……)

それなのに口では意地悪を言いながらも甲斐甲斐《かいがい》しく世話をしてくれる姿は、かつて兄と妹のように過ごしていた日々を思い出させ、なんだか胸が締め付けられた。

(テオは覚えているのかな……)

テオのごつごつした手が丁寧に動き、指の間まで優しく拭いていく。触れられたところが熱を孕《はら》み、温泉に浸かっていた時よりも熱くてのぼせてしまいそうだ。触れられるたびにびくびくと身体が震えるのが恥ずかしくて、私はギュッと目をつぶる。そしてようやく足を拭き終えたテオが、ズボンの裾を直して靴を履かせてくれた。

「は……ありがとう……」

やっと終わったとゆっくり目を開けると、目の前にテオの顔があった。

「きゃっ!? なに?」

驚いて顔を引くと、まるで逃がさないとでもいうようにテオが私の首筋に手を伸ばして引き寄せる。そのまま硬い指先が耳の後ろに触れて、ぞわりと背筋に震えが走った。

「ひゃんっ!!」

「……髪が出てる」

テオは帽子の隙間からこぼれ落ちた髪をぐいと中に押し込むと、すぐに身体を離した。

「あ、髪……髪ね……」

「気をつけな」

触れられた耳を隠すように両手で包みながら心を落ち着けようとするが、胸がドキドキして全然落ち着かない。温泉でほてった身体がさらに熱くなったような気がした。

(はぁ……。身体の疲れは取れたはずなのに、なんだかよけいに疲れちゃった……)

ふらふらになりながらジーンの背に乗り来た道を戻ると、アルトとジョナスが馬車の中のタマラと話しながら待っていた。

「あ、ユーリさん。おかえりなさい」

「ただいま、ジョナス。それにアルトもタマラも待たせてごめんなさい」

ジーンから降りると、ジョナスがニコニコ笑いながら話しかけてくる。

「いえいえ。あの、ユーリさん! 温泉もいいけど、今度はオレと街歩きをしませんか」

「え? そりゃあ、できたら楽しいだろうけど……」

「オレがどこでも案内しますよ。おいしいケーキ屋とか、いっぱい調べておきますから!」

「えぇ? ふふ、じゃあ頼もうかしら」

ほほえむ私を見て、ジョナスが頬を赤らめている。いくらなんでも、聖女が水晶宮を抜け出して気軽に街歩きなんてできないだろう。それでもジョナスの心づかいが嬉しくて、私も自然と頬が緩んだ。すると急に後ろからぐいと腕を引かれて、ポスンとテオの胸によりかかる。

「きゃっ！」

「ユリア様、そろそろお着替えを」

背中からは硬い声が聞こえてきて、この楽しい時間の終わりを告げてくる。さっきまであった昔のテオの面影は嘘みたいに消えて、あっという間に護衛騎士隊長のテオに戻ってしまった。

「そう……隊長、わかったわ」

そのまま馬車に乗りこむと、タマラに貸していた上着とヴェールを受け取った。借りた服の上に上着を着こみ、ヴェールで顔を隠す。着替え終えた私は馬車の小窓を開けて合図をした。

「もう大丈夫。馬車を出していいわよ」

しかしテオは馬車のすぐ横で腕を組み、なにかを考えこんでいる。

「なぁに？　まだなにかあるの？」

「えぇ。……やはり俺の口から先にお知らせしておきます」

「いったい、なに？」

なにを言われるのかと身構えると、テオがグッと眉間にシワを寄せる。

「俺とあなたの婚約が決まりました」

「え？　婚約!?　誰と誰のですって？」

「俺と、あなたのです」

あまりのことに驚きすぎて声を裏返らせる私をよそに、テオはますます眉間に深いシワを寄せ今日一番の不機嫌な顔をしていた。

◇◇◇

住まいである水晶宮に帰ってからすぐに、私は婚約の話が嘘ではなかったことを知る。国王陛下からの書簡が届き、そこにテオとの婚約を命じると書かれていたのだ。そしてすぐさま書面にサインをさせられ、婚約はあっさり成立してしまった。

「はぁー、信じられない」

北の地の遠征から戻って数日たったある日、私は水晶宮内の礼拝堂でひとりため息をついていた。あんなに私を嫌っている相手と婚約だなんて、いくらなんでもあり得ないだろう。

「それにしても、国王陛下は自分の甥っ子がかわいくないのかしら」

テオの父親であるニーラント公爵は、国王陛下の弟にあたる。国王陛下は結婚してからなかなか子どもに恵まれず、長男のマウリッツ殿下が生まれるまでは、甥であるテオが王太子候補として王宮で教育を受けていたと聞いている。一時は後継ぎにと望んだ相手にこんな婚約を押しつけるなんて、テオに幸せになってもらいたいと思わないのか不思議だ。

「どうして私たちが婚約するのよ。偉い人の考えることはよくわかんないわ。あーあ、ミラ様なんとかしてよ」

礼拝堂に掲げられている女神ミラの像に向かって話しかけるが、もちろん返事はない。ぐるりと見回せば壁に描かれた大きな絵画が目に入る。礼拝堂にはエードラム王国の建国神話になぞらえた壁画が色鮮やかに描かれていて、中には女神ミラと英雄ジールが結婚する様子が描かれているものもあった。

（テオと結婚……？　ないない。そんなの、ありえないわ）

半球状の天井にはめられた水晶が日の光を浴びて反射しており、ちょうど壁画に当たってキラキラと光っている。それは聖女の光によく似ていた。

聖女の力を狙う者は多く、あやしい者が侵入できないよう水晶宮の周囲は高い壁で囲まれている。人の出入りも門番に厳しく管理されており、それは同時に、私が勝手に外に出られないようになっているということでもあった。常に人の目がある水晶宮の生活はなかなか窮屈で、ただこの礼拝堂で祈りを捧げる時だけは一人になることが許される。そのため、私はよくこうして女神ミラの像に向かって愚痴をこぼすのだった。

しばらくしてから礼拝堂の扉が叩かれ、ジョナスが遠慮がちに声をかけてきた。

「ユリア様、そろそろお時間です」

「ええ、わかったわ」

しぶしぶ礼拝堂から出た私は、すぐにタマラやほかの侍女たちの手によって着替えさせられた。女神ミラの目の色を思わせる薄紫色のドレスを着せられ、銀の髪も結い上げられていく。今夜は王宮主催の舞踏会に招待されているのだ。

「急に舞踏会に出ろだなんて、国王陛下も勝手よね」

鏡の前に座り頬杖をつく私に、タマラが困った顔をする。国王陛下への文句なんて、うなずくわけにもいかないから当たり前なのだけど。ただ、これまで舞踏会はおろか人前にもほとんど出させてもらえなかったのに、急に舞踏会に出ろと言われたのだ。文句のひとつも言いたくなるだろう。

「私、ダンスなんて踊れないわ」

聖女教育を受けていた頃はもちろんダンスなんて教えてもらえなかったし、家庭教師からは少しだけ教わったけれど、これまで人前で踊る機会などなかった。

「テオドロス隊長が上手にリードしてくださいますよ」

「それよ！」

「はい？　どれですか？」

今夜の舞踏会は、婚約者であるテオと共に出席するように命じられている。もしかすると婚約を大々的に発表するつもりなのかもしれない。

(まだ私はこの婚約に納得してないっていうのに！)

私が反対したからといって、テオとの婚約を破棄してもらえるとは思えない。聖女は王族に準じた扱いとはいえ、自分ではなにも決められないし、国王陛下に逆らえるような身分ではなかった。

(でも、どうにか婚約破棄したいわ。テオだってあんなに嫌そうにしていたし……)

不機嫌顔で婚約を告げたテオを思い出すと胸がちくんと痛む。このまま結婚なんてしたら、あんな顔のテオと毎日過ごすのだろうか。

「ほんと嫌になっちゃう……あ！」

（私からは断れなくても、テオからなら断れるんじゃないかしら？）

テオなら私よりもずっと国王陛下と親しいはずだ。そんなことをぶつぶつと考えていたら、化粧道具を手にしたタマラが鏡越しに困った顔を向けてくる。

「ユリア様。お化粧ができないので、まっすぐに座っていただけませんか？」

「適当でいいわよ。どうせヴェールを被ったら顔なんて見えないんだから」

ドレスを着て舞踏会に出るとはいえ、聖女の顔は見せられないのでヴェールはつけたままだ。いっそ化粧なんてしなくてもわからないだろう。

「そういうわけにはいきません」

渋々と頬杖をどかすと、タマラが器用に化粧をほどこしていく。

（どうせヴェールの下の私になんて、誰も興味ないのにね）

化粧が終わると、ちょうどテオが部屋まで迎えに来た。護衛騎士の中でテオだけは水晶宮に住んでいるので、私の準備の様子もすぐにわかったのだろう。

「ユリア様、そろそろ王宮に向かいますが出られますか？」

「ええ、ちょうど終わったところよ」

私がふり向くと、テオは私の姿を見て小さく息をのみなぜかその場で足を止めた。近づいて来ないテオを不思議に思いつつ、立派な騎士の正装姿に見とれてしまう。王家主催の式典などでしか見られない服装だが背の高いテオにはよく似合っていた。

（髪まで上げていて、なんだかテオじゃないみたい……）

前髪を上げるとテオの綺麗な顔がよく見えて、なんだか気後《きおく》れしてうつむいてしまう。すると、ん、と微《かす》かな咳払いが聞こえた。

「ユリア様、お綺麗です」

まるで心のこもっていない棒読みで、社交辞令だとよくわかる。

「無理して褒めなくていいわよ」

「別に、無理しているわけではありません」

ちょうどそこにタマラが首飾りと耳飾りを持ってやってきた。

「テオドロス隊長、ユリア様に着けていただけますか」

「あぁ」

それは代々聖女に伝わる装飾品で、繊細な銀の細工に青みがかった紫色のサファイアがほどこされていた。タマラの手からひとつずつ受け取って飾りつけるたび、テオの手が私の耳と首に触れていく。くすぐったくて、恥ずかしくて、私は顔に力を入れて必死に平気なふりをするしかできなかった。

最後にヴェールで顔を隠し、テオが差し出す手をとった。なにやら胡散臭《うさんくさ》い笑みを浮かべ、いつもの不機嫌な顔を上手に笑顔の下に隠している。

「……なんだか不気味ね」

「なにか言いましたか？」

「あなたの笑顔なんて見慣れないから、不気味だって言ったのよ」

「愛想よくするのも俺の仕事です」

「それにしては、いつも全然笑わないじゃない」

「いつもはあなたを護るのが俺の仕事です」

感情の読めない胡散臭い笑顔のまま、しれっと答える。私といてもこんな作り物の笑みしか浮かべられないというのに、本当にこのまま婚約を続けるつもりなのだろうか。

(テオがさっさと婚約破棄してくれれば、こんなことにはならなかったのに)

ヴェールの下から八つ当たりのようににらんでいると、ヴェール越しにぱちりと目が合った気がした。

「な、なに?」

「あなたこそ、少しくらい笑ったらどうですか」

「わ、笑ってるわよ」

「そうですか」

冷めた鋭い目で見下ろされ、にらんでいたのがバレていそうでヴェールの下でこっそりと目を逸らした。

テオに手を引かれたまま玄関まで向かうと、私の姿を見たジョナスがぱっと頬を赤く染める。アルトは侯爵令息として舞踏会に出席することになっているため、今日の私の護衛はジョナスが担当だ。このまま一緒に舞踏会の会場まで向かい、場内ではテオもアルトもいるので、ジョナスは会場の外を警備してくれるらしい。

「ユリア様！　すごく……すごく、お綺麗です」

「まぁ。ありがとう、ジョナス」

ニコニコと嬉しそうに近づいてくるジョナスは、まるで見えない尻尾をぶんぶんと振っているようで面白い。

「そのアクセサリーも、ユリア様によく似合っています。せっかくだから、ヴェールの下の顔も少し見せていただけませんか？」

「えぇ？　別に構わないけど」

「ジョナス！　護衛中だぞ」

ヴェールを上げようとしたところを、テオに止められる。

「タマラが綺麗にしてくれたんだから、少しくらい見せてもいいじゃない」

「あなたがジョナスの仕事の邪魔をしないでください」

「なによ、ケチ」

ふんと顔を逸らすと、テオが小声でつぶやいた。

「……俺が見ているだけじゃ不満ですか」

「なに？　なにか言った？」

「いえ、別に」

テオは相変わらず感情の読めない胡散臭い笑みを貼りつけていて、その感情は読めなかった。

そのまま私たちは馬車に乗って王宮の舞踏会会場に向かう。

王宮と水晶宮は近くなのですぐ降りることになるのだが、さすがにドレス姿で歩いていくわけにもいかないので仕方ない。私は馬車の中でテオに気になっていたことを尋ねた。

「どうして今夜はこんなに着飾らないといけないの？」

これまで人前に出る時は、一目で聖女とわかるようないわゆる聖女服で、こんな普通の、貴族の令嬢が纏《まと》うようなきらびやかなドレスを着ることはなかった。

「あなたも少しはこういう場に慣れた方がいいでしょう」

「どうして？　まさか、あなたと婚約するからじゃないわよね……。ねぇ、隊長。私たち、早く婚約破棄した方がいいんじゃないかしら」

「……なぜですか」

テオの声が一段と低くなり、薄暗い馬車の中の温度も少し下がったような気がする。

「なぜって？　そんなの当たり前でしょう？」

婚約期間が長くなれば長くなるほど、婚約破棄をした時の影響が大きくなる。それならば、少しでも早く婚約破棄した方がいいはずだ。

「私からは断れないけれど、あなたから陛下に頼めば断れるのではないの？」

「王命ですから、そう簡単には断れませんよ。それに俺はこの婚約を断る気はありません」

「え？　どうして？」

それ以上を説明する気がないのか、テオは口をつぐんで話そうとしない。

「……なにか断れないような事情があるの？」

「……」

テオは何も言わないけれど、きっとこの沈黙が答えだ。嘘をつけないテオは、話したくないことがあるとこうして黙ってしまうのだ。

「なによ、バカにして……」

私の婚約のことなのに私にはなにも知らされず、テオだけがなにかを知っているなんておかしな話だ。テオは胡散臭い笑顔を引っ込めて、眉間にシワを寄せて大きくため息をついた。

「別にあなたをバカにしているわけではありません。それにあなたが心配するようなことはないので安心してください」

「私が心配するようなことって？」

「俺は、あなたと結婚するつもりはありません」

私が驚いてなにも言えないでいるうちに馬車がガタンと止まり、御者が会場に到着したことを告げた。

◇◇◇

テオの言葉の真意を確かめる前に馬車から降りることになり、それ以上なにも尋ねることができなかった。

（結婚する気はないけど、婚約破棄するつもりもないってどういうこと？　婚約を続けることに、なにか意味があるの？）

婚約破棄したいと言ったのは私の方なのに、テオの口からははっきり結婚するつもりはないと言われ、なんだか胸の奥がモヤモヤする。外の警備に向かうジョナスと別れて王宮の広間に入ると、どこもかしこもきらびやかに輝いていた。

（わ、すごい！）

華やかに着飾った人がたくさんいて、気後れして足が止まってしまう。すぐにテオがさりげなく手を引いてくれて、こういうところはさすが公爵令息だ。胡散臭いと思った笑顔もちゃんと場になじんでいる。

「ユリア様」

「アルト！」

どうやら先に来ていたらしいアルトが私たちを見つけてくれた。

「いつもお綺麗ですが、今日はまた一段と輝いてらっしゃいますね。まるで女神のように美しい」

「……ありがとう。アルトも素敵よ」

お洒落《しやれ》なアルトはテオのような騎士の正装姿ではなく、手の込んだ刺繍《ししゆう》のほどこされた黒いコートを身に着けていた。周りの女性たちもアルトを熱い目で見ている。

（あ、でもテオのことも見てる……）

きっとここにいる女性たちは、テオが口うるさく意地悪ばかり言うことを知らないのだろう。

「テオ。滅多に夜会に出ない君に、挨拶したいってやつらがたくさんいるみたいだよ」

「俺はここから離れるつもりはない」

私の手をにぎるテオの手に力が入る。

「隊長！　アルトがいるから私は大丈夫よ。どうぞ挨拶に行ってきて！」

「しかし、ユリア様……」

「ね、アルト！　案内してちょうだい。行きましょう」

私はテオの手をふり払ってアルトの腕を取ると、テオの呼び止める声を無視してその場を離れた。

人の波を縫って、広間の端へ向かう。

「ユリア様、テオを置いていっていいんですか？」

「いいのよ。それよりアルトに聞きたいことがあるの」

人目を避けるように柱の陰にアルトを誘う。

「なんでしょう？」

「私と隊長の婚約にはなにか事情があるみたいなんだけど、アルトは知ってる？」

アルトは少し考えこんでから、小さく肩をすくめてほほえんだ。

「テオが話してないことを、僕の口からは教えられませんよ」

「やっぱりなにかあるのね。お願い、教えて。だって、隊長はなにも教えてくれないんだもの……」

「ふうむ、あいつには困ったもんだな……」

アルトは困ったように眉を下げながら、ひとつだけ教えてくれた。

「実は昔から、聖女はエードラム王国の王子と結婚するように決められているんですよ」

「どうして？」

「聖女の力が国を害する者の手にわたらないようにですね」

「でも隊長は王子じゃないわ」

「それは、今は王子がマウリッツ殿下しかいらっしゃらないからでしょう」

マウリッツ殿下はたしか先日十六歳になったばかりだ。そりゃあ五歳も年上で、王太子妃なんて務まるわけがない私と婚約させるわけにはいかないのだろう。

「隊長は、マウリッツ殿下の代わりに聖女との婚約を押しつけられたってこと？」

「うーん、そういう面もありますが……」

するとアルトの肩がぐいとつかまれた。そこには焦った様子のテオがいて、ほんの少し息が上がっている。

「ユリア様、勝手なことをされると困ります」

「早かったな、テオ」

「おまえもユリア様を止めろ！」

テオが厳しくにらみつけるが、にらまれることに慣れているのかアルトは肩をすくめてどこ吹く風だ。結局、テオが隠していることがなにかわからず、私はうつむいて小さくため息をついた。

「そうだ、ユリア様。よかったら僕と踊りませんか？」

「え？」

アルトがうつむく私の手を取り、ダンスの輪に誘ってきた。広間にはゆったりとしたワルツの曲が流れている。

「おい、アルト！」

「なんだよ、テオ。せっかく舞踏会に来たのだから、一曲ぐらい構わないだろう？」

そのまま私をダンスの輪に連れて行こうとするので、腕を引いて抵抗する。

「待ってアルト。私、踊れないの」

「僕がリードしますよ。これでもダンスは得意なんです」

「これでも、なんて、むしろ見た目通りじゃない……」

アルトが肩を揺らして楽しそうに笑う。ただ、無様なダンスを披露するわけにはいかないので、ここは丁重にお断りをしておく。

「では、今度一緒に練習しましょうね」

アルトはそれだけ告げると、他の方にダンスを誘われて行ってしまった。テオと二人で残されたのが気まずくて、うつむきながら両手の指を絡めていると、テオが小さな声で尋ねた。

「練習……しますか？」

「え？」

「あなたも踊れた方がいいでしょう。俺とダンスの練習をしますか」

「ええ……そんなことしなくていいわよ。もう舞踏会に出ることなんてないだろうし」

「……そうですか」

テオのかすかな声は、なんだか不機嫌そうに聞こえた。


その後は促されるまま知らない人たち相手に挨拶をしていたが、ちらちらと嫌な視線を感じた。顔を上げれば遠巻きにこちらを見ている若い女性たちがいて、「慈愛の聖女」や「あれが女神ミラの……」と噂している。「あんがい普通」や「たいしたことない」なんて声まで聞こえてきた。

(ふん、くだらないわね)

噂話をしている女性の中には先ほどテオを熱い目で見つめていた人もいた。ただ聖女というだけで、テオの隣に私がいるのが気に食わないのだろう。

(……やっぱり早く婚約破棄をしてもらおう)

悪意を向けられることには慣れているが、変に嫉妬されるのは落ち着かない。女性たちはテオが視線を向けると、顔を赤くしてそそくさと去っていった。すると今度は違う所から別の声が聞こえてくる。

「あれが聖女を押しつけられた元王太子候補か」

「マウリッツ殿下が生まれて。邪魔になったらしいな」

男の人たちが下卑た笑い声をあげている。どうやら彼らはテオと私の婚約話を知っているようだ。

(なによ……みっともない)

ヴェール越しに男の人たちをにらみつけると、顔が見えなくてもにらまれている気配を察してか、気まずそうにどこかに行ってしまった。頭の上から小さなため息が聞こえてくる。

「ユリア様、あまり敵を作るような真似をしないでください」

「もともと私の味方なんていないからいいわよ」

お小言の気配を感じて投げやりに言い返す。どうせ私に寄ってくるような人は、聖女の力が必要な人だけだ。誰も私の中身になんて興味がないのだから、多少やり返して敵が増えたって変わらないだろう。

「俺はあなたの味方じゃないとでも？」

「え？」

それは強く問い詰めるような口調で、あわててテオを見上げれば、そこにはいつもの不機嫌そうな顔もさっきまでの胡散臭い笑顔もなかった。テオが本気で怒っている。私は一気に血の気が引いた。

「あ……あの、言いすぎたわ。ごめんなさい」

「……いえ、俺も大人げなくすみません」

私が目を泳がすと、テオも声を荒らげた自分を恥じるように目を伏せる。そこには眉間にシワを寄せたいつもの不機嫌な顔があって、私は少しだけ安心して小さく息を吐いた。

（大丈夫……大丈夫よ……。テオが怖いことなんてない……）

そう言い聞かせるが、手が震えて動悸《どうき》が治まらない。背中を幾筋も冷たい汗が流れ落ちる。

「あの、あなたも……アルトもジョナスも、タマラも、いつもみんなわがままな私の相手をしてくれてありがたいと思ってる」

「ユリア様？」

「迷惑ばかりかけて悪いなって、いつも感謝しているの……。本当よ？」

落ち着いてちゃんと誤解を解こうと思うのに、声が震えてうまく話せない。吐く息が短く浅くなっていく。

（テオは人の好き嫌いで仕事の手を抜いたりする人じゃないのに……。怒らせてしまった……）

職務に忠実だから決して私の敵になるようなことはしない。聖女を利用することだけしか考えていないような人とは違う。そんなことわかっていたのに。

（あぁ……どうすればいいの……）

最近はそんなことがないからすっかり忘れていたが、私は昔から男の人の怒鳴り声が恐ろしかった。怒鳴り声を聞くと、身体がすくんで動けなくなってしまうのだ。相手がテオだから怖いことなんてないはずなのに、いつもと違って着飾ったテオが別人みたいだからだろうか。落ち着こうと思えば思うほど混乱してしまい、昔のことが次から次へと頭に浮かんでくる。

聖女になるもっとずっと前の、誰にも必要とされなくて怒鳴られてばかりだったあの頃。ひとりぼっちでどこにも居場所なんてなかった。「なにも喋るな」「泣くんじゃない」という言葉が頭の中をぐるぐると回る。ずっと思い出さないようにしていたのに。

「ちゃんと私……ううん、聖女の味方をしてくれる人もいるものね。もうこんなことは言わないから。本当にごめんなさい。許して……ね」

「ユリア様？　急にどうしました？　大丈夫ですか？」

テオの声から心配しているのが伝わってくる。

（大丈夫だって、心配いらないって伝えないと……）

言葉がうまく出てこず、胸がぐうっと締め付けられる。

（あぁ、でも私が何か言うと、また怒らせてしまうかも）

みんな私が聖女だからそばにいてくれるけれど、聖女じゃなかったら優しくだってしてもらえない。聖女じゃなければこんな所にはいられないのだ。そう思うと急にいま立っている足元がぐらついた気がして、倒れてしまいそうだった。どこかにつかまりたくて目の前のテオの腕に手を伸ばしたが、また怒られたらと思うと怖くて手を引いてギュッと握りしめる。するとテオが私の手を取った。

「ユリア様、大丈夫だから落ち着いてください。強く言って申し訳ありませんでした」

テオの大きな手がキツく結ばれた私の手を包み込み、お互いの手袋越しにテオの熱が伝わってくる。テオの指がとんとんと私の手をゆっくりと叩き、次第に手のこわばりが治まっていった。

ようやく少し落ち着いた私が顔を上げると、テオは眉間にシワを寄せたまま私を見つめている。胡散臭い笑顔もどこかにいってしまっていて、私を案じるようにテオの目が左右にわずかに揺れた。

「ユリア様。俺はあなたを責めたいわけではなく危ない目に遭って欲しくないと……」

するとテオの言葉を遮るように、近づいてきた青年が私たちに声をかけてきた。

「テオドロス！　よく来てくれた。元気だったか？」

「マウリッツ殿下。殿下こそ、お変わりはありませんか？」

テオはパッと胡散臭い笑顔を貼りつけて挨拶をする。

やってきた青年はエードラム王国の王太子、マウリッツ殿下だった。

まばゆいばかりの金髪と透き通るような碧《あお》の目を持ち、線は細いのに堂々としていた。自然と人の目を惹《ひ》き、十六歳ながらすでに人の上に立つ者の威厳が感じられる。

「おかげさまで、最近は寝込むことも減ったよ」

少し困ったようにくすりと笑うマウリッツ殿下は、そういえば生まれつきお身体があまり丈夫でないと聞いたことがある。

「聖女ユリアもよく来てくれた」

「ご招待いただきありがとうございます」

「ぜひ今度は、そのヴェールなしで出席いただきたいな」

「え……？」

聖女は人前でヴェールを外してはならないと、他でもない国が定めているというのに、王子がヴェールなしで出席しろとはいったい何を言っているのか。心の中で首をかしげていると、テオの手に力が入ったのがわかった。

「殿下、その話は」

するとマウリッツ殿下はまだ繋いだままだった私たちの手を見て、もう一度くすりと笑った。

「そういえば、二人は婚約したらしいね」

「そうですね」

テオの返事にマウリッツ殿下がわずかに目を細める。そして素早く周囲に目をやると、優雅なほほえみを浮かべたままテオに身体を近づけて小さな声でささやいた。

「テオドロス、心苦しいがあなただけが頼りだ。申し訳ないが頼んだよ」

「……はい」

二人とも笑みを浮かべたままのやり取りは、遠くからなら何気ないものに見えただろう。でもその声は真剣そのもので、すぐそばで聞いていた私にはそれがとても大事なやり取りに思えた。マウリッツ殿下は優雅な所作で私たちに挨拶をすると、そのまま別のところに行ってしまった。

(今のはどういう意味？　頼むって何を？　私を？　やっぱりテオは、マウリッツ殿下の代わりとして聖女との婚約を押しつけられたの？)

マウリッツ殿下の言ったことが気になって、去っていく後ろ姿をいつまでもながめていたら、テオに手をギュッと握られた。

「あ、ごめんなさい」

あわてて手を引いたら少しよろけてしまったが、すかさずテオが腰に手を回して身体を支えた。

「こんなところで倒れたら大変です。俺に身体を預けてください」

「うん……」

支えられるままに身を任せると、ふわりとテオの香水が鼻をくすぐった。新緑のような爽やかな香りで胸の中がいっぱいになり、なんだかくらくらしてよけいに倒れてしまいそうだ。

「必要な方への挨拶も終えましたし、そろそろお暇《いとま》しましょう」

「そうね」

途中ですれ違ったアルトに先に帰ることを告げて、私たちは広間の出口へと向かった。テオに支えられて歩きながら、私は先ほどのマウリッツ殿下のことを思い出していた。

（やっぱり私たちの婚約にはなにか裏があって、そのことでテオは誰かに無理を強いられていたりするの？）

でも公爵令息であるテオに無理を強いることのできる人なんて限られている。

（おそらく国王陛下……マウリッツ殿下もきっとそれを知っているのね。そしてテオも……）

聖女との婚約にはいったいどんな意味があるのだろうか。その時、私の腰を支える手にわずかに力が入り、テオのため息が聞こえる。

「そんなに不安そうにしないでください」

「別に不安そうになんてしてないわ。あなたからはヴェールの中の私の姿までは見えないでしょう」

「顔が見えなくても、それくらいわかります」

「なによ、それ……」

「あなたに悪いようにはしないつもりです。いずれきちんと説明しますから、それまで待ってください」

それはまるで駄々をこねる子どもに言い聞かせるような口調だった。子ども扱いにムッとして思わず言い返す。

「私だって子どもじゃないわ。別にこれまでだって逆らってこなかったんだから、事情さえ教えてもらえればちゃんと望むようにふるまうわよ」

すると歩きながらヴェール越しに鼻をギュッとつままれた。

「いたっ！　なにするのよ！」

「また、あなたの悪い癖です」

「悪い癖？　なんのこと？　殿下に失礼なことでもしたかしら？」

「わからないならいいです」

テオがわずかに眉間のシワを深めながら口を閉じた。こうなるともうなにも説明してくれないだろう。

「あなたの悪い癖は、秘密主義なところね」

何も言う気のないテオに、ちくりと嫌味を言っておく。


広間を出たところで、また呼び止められる。今度のお相手は年上のとても美しい女性だった。

「テオドロス様」

「これはビクネー侯爵夫人」

テオがまた胡散臭い笑みを浮かべている。ヴェール越しでもわかるくらい濃厚な薔薇《ばら》の香りが漂ってきて、私はわずかに顔をしかめた。ビクネー侯爵夫人は派手な金髪に、はっきりとした顔立ちの女性だった。見事な薔薇を思わせるような赤いドレスは身体の線を強調していて、肉感的な成熟した大人の女性の魅力をあふれさせている。

「嫌だわ水臭い。昔のようにフランカと呼んでくださって構わないのよ？」

「ご冗談を。ビクネー侯爵ににらまれてしまいます」

胡散臭い笑顔のまま答えるテオに、侯爵夫人はしなを作りながら手を伸ばし胸のあたりにそっと手を置いた。

「ところで、あなた婚約されたんですって？」

「ずいぶん耳が早いですね。まだ一部の者しか知らないはずですが」

「私の父はこの国の宰相ですもの。それくらいのことはすぐに耳に入るわ」

テオを見上げる侯爵夫人は艶《あで》やかに笑い、まるで私のことなど目に入っていないようにふるまう。

横から見ていても、そのむせかえるような美貌と色気で胸焼けしそうだ。

「ねぇ、もし今もあなたが王太子だったら、今ごろ私があなたの婚約者だったかもしれなくてよ」

「そんなありもしない事をおっしゃられましても。それにビクネー侯爵はとても夫人を大切にしていると有名ですよ」

「そうね。とても大切にしてもらっているわ。ふふ、でも残念だったわ。私、今でもあなたとなら素敵な夫婦になれたと思っているのよ」

テオは胡散臭い笑顔のまま、胸に置かれた侯爵夫人の手をはずしてわずかに私を引き寄せた。

「失礼。聖女様を無事に送り届ける役目がありますので」

侯爵夫人はそこで初めて私に気がついたかのように視線を向けた。頭の上から足の先まで値踏みするような視線を向けてから、勝ち誇ったようにほほえむ。

「聖女様にお会いできて光栄ですわ。ふふ、それにしてもずいぶんとおかわいらしい方ですのね」

ヴェールで顔を隠していても、貧弱な身体なのがわかるのだろう。馬鹿にされたのがわかりカッと頬が熱くなる。美貌の侯爵夫人は扇子《せんす》を広げて口元を隠しながら、テオに意味ありげな視線を送った。

「ねぇ、テオドロス様。なにかお困りのことがあったらいつでも私がご相談に乗りますわ。きっとお若いお嬢さんでは満足できないこともおありでしょう？」

「ありがとうございます」

なにか、にたっぷりと含みを持たせる侯爵夫人に礼儀正しくお礼を述べてから、ようやく私たちは王宮を後にした。


帰りの馬車で揺られながら、私はぼんやりと窓の外の真っ暗な夜道を眺める。

「ユリア様、まだご気分が優れませんか？」

心配するように声をかけてくれたテオの身体からは、先ほどの侯爵夫人の薔薇の香りが漂ってきた。

「……あなた、やっぱり女たらしなんじゃない。綺麗な方だからって愛想よくしちゃって」

「愛想をよくするのも俺の仕事です」

テオの抑揚の乏しい声からは、いまいち感情が読み取れなかった。でもきっと、いつものようにすました憎たらしい顔をしているのだろう。

(私には全然、笑いかけてくれないくせに)

たとえ胡散臭い笑顔でも、テオはあんなふうに私に笑いかけてくれることはない。本当はあの人と結婚したかったのだろうか。それとももっと別の人と——そこまで考えて小さく頭をふる。

「女癖の悪い人と結婚なんてごめんだわ。私、あなたとなんて絶対に結婚しないから」

「そうですね。それがいい」

ふてくされる私の声に、不機嫌なテオの声が重なるのだった。

二章　聖女の正体

　さて、どうやらこの婚約にはなにか裏があって、テオでも断れないらしいということがわかった。

（ただ、テオに私と結婚するつもりはないってことは、この結婚は断れるってことよね。つまり婚約に意味があるの？）

　テオでも断れないような事情なら、私が知ってもなにもできないかもしれない。でも、このままなにもせず言いなりになりたくなかった。

（テオが隠していることも気になるし）

　というわけで、とりあえず私はタマラに尋ねることにした。

「ねぇ、タマラ。結婚はしないけど婚約はするって、どういう事情だと思う？」

「え!?　……もしかしてそれは、テオドロス隊長とユリア様の話ですか？」

　水晶宮《すいしようきゆう》の私の部屋でくつろぐ私に、タマラがお茶の用意をしてくれる。

「そうよ。隊長は私と婚約はするけど結婚する気はないんだって」

「それは本当の話ですか？　隊長がそんなことを言ったんですか!?」

「ちゃんとはっきり聞いたわよ。『あなたと結婚するつもりはないので安心してください～』って」

「ええ……？　それってユリア様の勘違いじゃないんですか？」

タマラはテオと私の婚約を自分のことのように喜んでいたので、驚きを隠せないでいる。ポットに茶葉を入れる手を止めながら、そのあまりの内容に顔を一気に険しくさせた。

「それが本当なら、ユリア様に失礼すぎませんか？　結婚する気もないのに婚約だなんて、不誠実すぎます」

「別にいいわよ。隊長も命令されて断れなかったみたいだから」

「テオドロス隊長のことだから、きっとなにか理由があるのでしょうが……」

「その理由を知りたいのよね」

それにしたって……とぶつぶつ文句を言いながら、手を動かし始める。

「うーん、婚約するけど結婚しない理由……。例えば結婚するフリをしたいとかどうでしょう」

「そうね。あとは婚約してなきゃできないことがある、とか？」

タマラが難しい顔をしながらカップにお茶を注ぐと、ふわりと茉莉花《ジャスミン》の香りが広がった。疲れが取れるようにと、私の好きなお茶を選んでくれたらしい。茶葉には干した果実も混ざっていて、口に含むとほんのり甘い。お茶の香りを楽しんでいると、いいことを思いついたというようにタマラが声をはずませた。

「あ！　もしかして、ユリア様に断られないように隊長はそんなことをおっしゃったんじゃないでしょうか」

「えぇ？　なにそれ。なんのために？」

「もちろんユリア様と確実に結婚するためですよ。隊長に結婚するつもりがないって言っておけば、ユリア様が婚約を断らないと考えたんですよ」

「いやいや。私は今だって婚約破棄しようとしてるわよ。でも、そもそも隊長が私と結婚したい理由がないでしょう？　だって彼は公爵令息なんだから、聖女と結婚しなくても地位も名誉も十分あるじゃない」

財産も後ろ盾もない聖女とわざわざ結婚したい理由なんて、それこそ思いつかない。

「えっと、それは、あの……ユリア様ご自身と結婚したいってことじゃないんですか？」

「あるわけないでしょ」

「……そうでしょうか」

やけに食い下がってくるが、そういえばタマラは恋愛小説を読むのが好きだった。だからって、そんなありもしない恋模様を想像されても困ってしまう。

「じゃあ、タマラに聞くけれど、タマラは隊長のあれが結婚したい相手に向けるような態度だと思う？」

「え！　それは、えっと……いや、思います！」

「えぇ～。じゃあ、タマラは好きな人にあんな態度をとるの？」

「いや、それはちょっとわからないですけど……」

タマラもさすがにこの説に無理があると思ったのか、難しい顔をして考え込んでいる。

「あのぉ、確かにテオドロス隊長の態度はわかりにくいところがありますが、お優しい方だと思いますよ」

「そうかしら。意地悪ばかりじゃない」

するとタマラが、こっそり打ち明けるように声を落とした。

「でも、テオドロス隊長はすごく女性の人気が高いですよ」

「えぇ？」

「そもそも見た目がすごくかっこよくて、そのうえ強くてらっしゃいますから。身分が高いのに偉ぶったりもしないし、私たち侍女にもとても優しくしてくださるので、身分の上下に限らずテオドロス隊長に憧れている方は多いです」

「そう……なの」

「はい！」

やけにテオを持ち上げるものだから、胸の奥がモヤモヤとしてくる。

「テオドロス隊長に限らず、アルト様もジョナス様も人気が高いんですよ。私なんてよく王宮勤めの侍女仲間たちからうらやましがられますもん。それもきっと、テオドロス隊長の指導が行き届いているからですね」

「いやいや、アルトもジョナスももともと強いし優しいじゃない。隊長は関係ないわよ」

そう言いながら、私は先日の舞踏会のことを思い出していた。アルトのことを熱い目で見る女性たちと同じくらい、テオのことを見つめている人も多かった。

（それにあのなんとか侯爵夫人……）

テオの胸に手を置いてしなだれかかってきた美人の侯爵夫人は、なんだか意味深なことを言っていた。テオとの間になにかあったのだろうか。

(みんなあんな不機嫌顔の意地悪男のどこがいいのよ。優しいとかいうけど、テオの本性を知れば、きっとそんな人気なんてなくなるわ。あ、でも……)

なんだか釈然としない思いを抱えてイライラしていたが、はたと気がついてしまった。

(テオがあんなふうに不機嫌な顔を向けるのは、もしかして私にだけ……?)

そういえばジョナスも『隊長は女性に優しい』と言っていた。それにあのなんとか侯爵夫人にも胡散臭《うさんくさ》いとはいえ笑顔を向けて優しくしていたではないか。どんどん気分が落ち込んできてうつむいていたら、気づけばせっかくのお茶が冷めてしまっていた。

「あ、そうだ。テオドロス隊長といえば、数日留守にされるそうです。アルト様も伴って出かけるので、しばらくはジョナス様が護衛を担当されると言っていました」

「魔獣の討伐指導?」

「そう聞いています」

そういえばそんな話を聞いた気がする。私は魔獣の気配がわかるので魔獣が現れそうな場所もわかるのだが、つい先日も新たに魔獣が現れそうな気配を感じてテオに教えたところだった。

魔獣の生態は謎に包まれていて、どうやって生まれるのかもまだよくわかっていない。ただ最初に小型の魔獣が現れることだけはわかっていて、小型の魔獣を放っておくと次第に数が増えていき、そのうち中型の魔獣が現れる。さらに中型の魔獣が増えると大型の魔獣が現れるのだ。大型の魔獣ともなると倒すのも大変で、流れる血の量も増え呪いの被害が大きくなる。そのため、いかに大型の魔獣が現れる前に倒しておくかが大事だった。

（小型の魔獣の呪いくらいなら聖女の力は必要ないものね）

小型の魔獣ならば、聖女の力がなくても倒すのはそこまで難しくはない。呪いの力も小さく、たとえ血を浴びても聖水を使って浄化できるからだ。ただ、魔獣は普通の生き物のように首を落としても死ぬことはなく、魔獣核と呼ばれる体内にある核を破壊しなければ倒すことができない。だからできるだけ血を流さずに倒すためには、一撃で核を破壊する必要がある。慣れるまではその核を狙うのが難しいので、テオやアルトはそれを指導しに行っているらしい。そして最終的にはテオたちの助けがなくても魔獣の討伐をできるようにしているのだ。

（それでも中型や大型の魔獣が現れたら、聖女である私が遠征することになるのよね……）

「それにしても、最近は本当に魔獣が増えていますね」

「そうね」

魔獣が増えるにつれて、私の聖女の力も強くなっているようで、それは喜ばしいことのはずなのになぜか不安も積もる。

「ところで、最近噂《うわさ》で聞いたのですけど、なんだか今まで見たことのない魔獣が現れているらしいですよ。どうも、羽の生えた魔獣を見たっていう人がいるらしくて」

「羽？」

羽がある魔獣なんて、そんなの私も聞いたことがない。

「魔獣は背中にこぶがあるけど、それを羽と見間違えたのではなくて？　ただでさえ厄介な魔獣が、もし飛ぶようになったら大変だわ」

「魔獣の側でなにかが起きているのかもしれませんね」

空になったカップをながめているとざわりと得体の知れない不安が浮かんできて、私は大きく眉をしかめた。


お茶の時間を終えて、一人になって考えたかった私は礼拝堂にやってきていた。結局タマラに聞いても、テオが私と婚約を続ける理由はわからないままだ。

『あなたと結婚するつもりはありません』

テオの言葉を思い出すと、なぜか胸が締めつけられる。

「いや、どうせ、私だって結婚する気なかったし……！」

(そう、先に結婚する気はないって言われたのが悔しくて、ただ、それだけだから……！)

ただ、テオに結婚するつもりがないからか、王家もこの婚約を発表するつもりがなさそうなのは助かった。ある程度は噂《うわさ》になっているようだけど。

「あっ！　もしかして、テオが本当に結婚する時に、婚約していたことがばれたら困るとか？」

そう考えれば、テオがこの婚約を隠そうとしているのもわかる。あのなんとか侯爵夫人の顔やタマラの言っていた顔も知らない王宮の侍女たちのことが頭に浮かび、なんだか胸がムカムカしてきた。なんだかテオと婚約してから胸が痛くなることが増えた。テオが結婚したら、護衛騎士は辞めてしまうのだろうか。

「きっと、公爵家のこととかやらないといけなくなるわよね」

タマラだっていつまで私の侍女をしてくれるかわからないし、アルトやジョナスもいつかはここからいなくなってしまうのだろう。

（そうしたら、また昔みたいに一人になっちゃう……）

その時のことを考えるだけで気分が落ち込み、床に目を落とす。

「いけない！　そんなことより、婚約の理由を考えるんだったわ!!」

顔を上げようと首を動かした時、目の端できらりとなにかが光った。

「ん？　なにあれ」

天井の水晶から差し込む光に紛れて気づかなかったけれど、床の一部がほんのり輝いている。その輝きはなんだか聖女の力の光に似ていた。よく見てみようと光る床に手を当てたら、床板がわずかに動く。

「ん……動きそう……。えい！」

思い切って床板を動かすとぽっかりと穴が空いていて、そこには床下へと続く石の階段があった。

◇◇◇

おそるおそる穴の中をのぞいてみると、階段の先は真っ暗な細い通路に繋《つな》がっているようでその先は見えない。ほんの少しの間だけ悩んでから、私はその階段を降りてみることにする。

「よし、行くわよ」

落ちないように気をつけながら、狭い階段を一歩ずつ降りていく。階段を降りた先の通路は真っ暗だったので、私は涙を流して聖女の証《あかし》を光らせると、その光を身にまとった。地面の下に掘られた石造りの細い通路がぼんやりと照らされる。おそらくずいぶん長い間放置されていたのだろう。通路はだいぶ荒れているように見えた。光をまといながら歩いていると、なんだか昔を思い出した。

(ふふ、そういえば昔はよくこうやって身体《からだ》を光らせていたわね)

聖女の力に目覚めたばかりの頃はまだ今のように力を調節できなくて、ずっと光りっぱなしだった。今は涙を流していない時は証を消して光を抑えられるし、魔獣討伐の遠征の時などは逆に、威厳や神秘さを演出するためにわざと強めに光らせているくらいだ。

「さっきの光は昔の聖女の誰かの力かしら」

昔の聖女の中には、私なんかよりももっと色々なことができる人がいたと聞いたことがある。そのやり方のほとんどが今は失われてしまったけれど、おそらくさっきの床板の光も聖女の誰かの力の名残だ。きっと聖女の力がなければ、床板自体を動かせないようになっていたのだろう。そうでなければ、もっと早くにこの通路が見つかっていないとおかしい。

「私にもできるかしら？　あとで試してみようっと」

暗い通路は少し心細くて、わざと声を出して自分を励ます。それにしても、私の前に聖女がいたのなんてもう何十年も前のことだ。いったいなんのために、昔の聖女はこんなことをしたのだろうか。

「この通路もなんのために造ったものなんだろう。うーん、それにしても、ずいぶん歩いたけど出口はまだかな」

頭の中でだいたいの位置を思い浮かべながら進んでいるが、とっくに水晶宮の敷地から出てしまっている。水晶宮は王宮のすぐ近くにあるので、おそらくこの道は王宮のどこかに繋がっていそうだ。さすがに引き返そうか悩んでいたら、少し進んだ先の通路の上部分がわずかに光っているのが見えた。

「あれも聖女の光だわ」

光る壁の下まで行くと階段があり、私はそれを上って光る天井を思い切り押した。ガタンと音を立てて床板が外れ、開いた穴から顔を出す。

「ここは……？」

そこには天井までびっしりと本の詰まった本棚が並んでいた。

◇◇◇

どうやら通路は王宮の書庫に通じていたようだ。

王宮の書庫には家庭教師の先生に連れられて何度か来たことがあるが、こんな場所は初めて見る。

棚の造りや壁紙に見覚えはあるので、おそらく書庫の奥の方にあった「禁書がある部屋」なのだろう。普段はカギがかけられていて、許可がないと入れないはずだ。

「へぇ、ここがそうなんだ」

禁書なんていうからいったいどんな恐ろしい本が並んでいるのかと思ったが、ただの難しそうな本にしか見えなかった。

「危険なことが書いてあったりするわけじゃなくて、単に貴重ってだけなのかしらね」

並んでいる本をながめていると、なんとか理論だとかよく知らない人の語録などがある。難しい単語の書かれた本の背表紙を見ながら、ぽつりとつぶやく。

「あんまり本を読むのは得意じゃないのよね」

厳しい聖女教育を受けていた頃は、自由に本を読む時間も与えられなかった。だからいまだに本を読むのはあまり得意ではない。ただ家庭教師の先生はたびたび私を王宮の書庫に連れ出し、好きなものや興味を持てるものを一緒に探してくれて、私に学ぶ楽しみを教えてくれたものだった。

「興味を持てるもの……か」

並んでいる本の背表紙をひとつずつ指でなぞっていくが、やはりどれもあまり面白そうには見えない。ふと指先が『聖女』の文字を見つける。それはかすれた文字で書かれていたが試しに開いてみると、中には年表のようなものが並んでいるだけだった。すぐに本棚に戻し、他の本を探す。

「せっかく外に出られたから一冊くらいは持って帰りたいんだけどなぁ」

たまにタマラが恋愛小説を貸してくれることもあって、それはそれで楽しいけれど自分で好きな本を選んでみたい。しかしあまりここに長居をしていると、水晶宮の礼拝堂の外で待っているジョナスにそろそろあやしまれてしまいそうだ。どうしようかと首を巡らせていると、本棚の一部がきらきらと光っている。

「あれ？　もしかして、あれも聖女の光？」

背伸びして光る本を取り出して中を見てみると、どうやらそれは聖女の日記のようだった。おそらくこれも聖女じゃないと開けないようになっていたのだろう。

「自分の日記を、他の人が読めないように隠していたのかな？」

とたんに日記を書いた聖女に親近感を覚えて、ふつふつと笑いが込み上げてくる。なんだか同じ境遇の友人を見つけた気分だ。そのままぱらぱらとページをめくっていくと『魔竜』と書かれている箇所が目に入った。

「……魔竜？」

知らない人の日記を勝手にのぞき読むなんて悪趣味だと思うけれど、なぜかこの魔竜というのが気になって仕方ない。

(魔獣と似ているけれど、なにか関係があるのかな)

なんだか言い知れない不安が広がり、私は日記を服の中に隠すと、そのまま急いで隠し通路から水晶宮まで戻ったのだった。

素知らぬふりをして礼拝堂の外に出て、ジョナスに声をかける。

「ジョナス、お待たせ」

ジョナスは待たされていたことなんてまったく気にしていないふうに、ニコニコと笑顔を見せた。

「今日はずいぶんと熱心に祈ってらっしゃいましたね」

「う、うん。最近、魔獣が増えてるし、隊長やアルトのことも心配だったから」

「それは隊長たちが知ったら喜びます」

「そうかしら……？」

「そうですよ！」

無邪気に笑うジョナスに少しだけ申し訳なく思いながら、自分の部屋に戻るとすぐに引き出しの中に日記を隠した。そして夜になり、一人になってからベッドを抜け出し日記を取り出す。ベッドの中に潜り込んでこっそりとそれを開く。暗闇の中で涙を流し聖女の光を身にまとうと、私は聖女の日記を少しずつ読み始めたのだった。

◇◇◇

「ふぁ～あ」

朝食を食べた後、口から大きなあくびを漏らすとタマラが心配そうに顔をのぞき込んできた。

「ユリア様、昨日はあまりおやすみになれませんでしたか？」

「あ、ううん。ちょっと、あの、そう、夢見が悪くて」

まさか夜遅くまで聖女の日記を読んでいたせいで寝不足だなんて言えなくて、笑ってごまかす。

日記には名前が書いていなかったので、誰が書いたものなのかはわからなかったけれど、どうやら水晶宮に最初に住んだ聖女らしかった。日記は聖女が水晶宮に来た日から始まっていた。

(あとで水晶宮《ここ》の書庫を調べれば書いた人が誰かわかるかな?)

日記の聖女は王宮に連れてこられたことについて文句を書きながらも、自分のために建てられた水晶宮は気に入ったようだった。特に礼拝堂に描かれた建国神話の壁画が気に入ったようで、とても感動した様子が綴《つづ》られている。

「ねぇ、タマラはエードラムの建国神話って知ってる?」

「えぇと、子ども向けのものなら聞いたことがあります。この世を『大いなる災い』が襲い、聖女ミラと英雄ジールが協力して災いを退けるんですよね、たしか」

「そう。そして災いを退けた英雄ジールが聖女ミラと結婚して共に作ったのがこの国エードラムっていうわけ」

このお話はエードラムの国の人なら小さい頃から聞かされて育つので、おそらくみんな知っているだろう。

(この国の成り立ちからも聖女は特別で、その力を狙う人も多いから、私が水晶宮の外に出られないのもそういうものだって思ってたんだけど)

でも日記の聖女は外の世界で長く過ごしてから水晶宮に来たせいか、不便な生活を強いられることにいちいち不満を書き連ねており、特に聖女だからとなにかをさせられることをひどく嫌っていた。日記を読んでから、私は改めて聖女というものがなんなのか気になりはじめる。

(もうちょっと日記の続きを読みたいな)

昨日見かけた「魔竜」についても知りたかったので、私はほんの少し悪巧みをしてタマラに頼んでみることにした。

「ねぇ、タマラ。やっぱりちょっと調子が悪いみたいだから、今日はゆっくり休んでもいいかしら？」

「そうですね。最近、ずっとお忙しかったですから。今日は急ぎの用事もありませんし、ゆっくりおやすみください」

ジョナス様にもお知らせしておきますね、と言いながら私がゆっくり休めるようにと寝室のベッドを整えてくれた。

（騙《だま》しているみたいでちょっと心苦しいけど、寝不足で調子が悪いのは嘘《うそ》じゃないし）

心の中で言い訳をしながら私はさっそく隠しておいた日記を取り出す。そしてベッドに潜り込むと続きを読み始めた。


日記を読み進めていくと、どうやらあの礼拝堂の秘密の通路や日記に聖女の力を使っていたのはこの日記の聖女のようだった。日記の聖女は力自体はそこまで強くないけれどとても器用な方だったようで、いま私がやっている涙で聖女の力を分け与えたり、魔獣の気配を探ったりなんかも日記の聖女が始めたことらしい。さらに礼拝堂の床や日記のように、聖女の力を物に分け与えるやり方も書いてあったので、あとで練習してみることにする。

（ふーん。涙を使って人に力を分け与える要領でやりつつ、物の場合は少しコツがいるみたいね）

日記には度々『私はこれまでの聖女とは違うから』と書いてあった。

（じゃあそれまでの聖女って、どうだったの？）

いくつも疑問が思い浮かびながらも読み進めると、どうやらあの秘密の地下通路は聖女の脱出用に造られたものだとわかった。いざとなったら水晶宮にこもり、あの通路から脱出できるように。

「いざとなったら……ってなに？」

どうやら昔の聖女を取り巻く状況は、今よりももっと危険なものだったようだ。昔から聖女にまつわる言い伝えとして『この世に大いなる災いある時、聖女が現れる』というものがあり、聖女は魔獣が増えると現れるとされている。おかしな話だが、聖女が災いを運んでくると曲解した人々から、聖女さえいなければ災いは訪れないと狙われるのだとか。さらに聖女を利用しようとする人もあとを絶たず、日記の聖女はよく『誰も信じられない』と悩んでいた。

（聖女になってから知り合った人のことを信じられないって気持ちは、私にもわかるな）

聖女になる前から知っているテオがいて、アルト、タマラ、ジョナス……と聖女になってからも信頼できる相手が少しずつ増えていった私は運がとてもいいのだと思う。舞踏会で陰口を叩《たた》いていた人たちのように、いつもは嫌味を言いながらも、聖女の力が必要な時だけすり寄ってくる人は私の周りにもたくさんいる。

（あんな人ばっかりじゃ辛《つら》いわよね）

ただ、日記の聖女には聖女になる前からの婚約者がいて、自分を支えてくれるその人にだけは心を許しているようだった。

(日記の聖女に信じられる人がいて良かった)

さすがに疲れてきたので今日はここまでにして日記を引き出しにしまう。そのままベッドにごろりと転がった。すると見慣れた水晶宮の天井が目に入る。

(水晶宮《ここ》は私を護《まも》るためのもの……。きっと今だって、私が聖女だと知られたらどこで命を狙われるかわからない)

あまり外に出ない私の耳にも、聖女を非難する声はときおり入ってきていた。身の安全のためには、多少の自由がないくらいは仕方がないのかもしれない。贅沢《ぜいたく》だってさせてもらっているし、水晶宮に来るもっとずっと前、それもテオの家でお世話になる前の生活に比べれば、今だって十分幸せだ。

(ここなら安全だもの。不満を持つ方がおかしいのよ。でも……)

聖女のあり方について、何度もおかしい、嫌だ、と訴えていた日記の聖女の言葉が頭から離れない。

(聖女について、もう少しちゃんと知りたい……かも)

聖女というものに興味を持つなんて、厳しい聖女教育がなくなってから初めてのことだ。もやもやとしたスッキリしない気持ちを胸に抱きながら、私は毛布を抱えてごろりと寝返りを打った。

◇◇◇

翌朝になって、あまり眠れなかった私はよっぽど酷《ひど》い顔をしていたのだろう。タマラが医者を呼ぼうとするのをなんとか止めて、今日は水晶宮の書庫で調べ物をすることを告げた。

(日記の聖女はどうなったんだろう……)

聖女教育を受けていた頃に歴代の聖女について一通り習ったはずだが、あまり真面目に聞いていなかったのでほとんど忘れてしまった。

「ちょっと調べたいことがあるから」

水晶宮の書庫に入ってすぐにジョナスにそう断ると、私は聖女について書かれた本を探し始めた。礼拝堂と違って書庫の中では一人にしてもらえないので、日記は部屋に置いてきている。

「あれ？　ないなぁ……」

王宮の書庫のように広いわけでもないのに、聖女に関する本が一冊も見当たらない。

「なにをお探しですか？　オレがお手伝いしましょうか？」

ジョナスが高いところのものなら代わりに取りますよ、と笑いかけてくる。

「うん、えっと、あの、前に読んだ建国神話の本を読み返したくなって」

日記のことは言えないので、とりあえず初代聖女ミラと初代国王ジールにまつわる建国神話の本を探していることにする。厳しい聖女教育を受けていた頃に一言一句間違えずに言えるようになるまで覚えこまされたので、前は確かに水晶宮《ここ》にあったはずだ。あの頃の聖女教育があまりにも辛くて、聖女について書いてある本なんてもう二度と読むものかと思っていたから気づかなかったが、改めて見てみればここには聖女に関する本がまったくない。聖女が住む水晶宮だというのに、これはおかしい気がする。

「ねぇ、ジョナス。聖女について書かれている本を読みたかったのだけど、ここには全然ないのね。昔はあったはずだけど、いつからないのかしら？」

するといつも笑顔のジョナスが、口を強く引き結んだ変な顔をしながら目を左右に揺らしている。

「……もしかして、ジョナスはなにか知っているの？」

ぎくりと身体をこわばらせたジョナスは、すぐに観念したようにうなだれて大きく息を吐いた。

「あの、そのぅ……聖女関係の書物はすべて王宮の書庫に移動しました」

「そうなの？　どうして？」

「オレが護衛騎士になる前のことですが、そんな指示があったそうです」

「なんでそんなことを？　なんのために？」

「えっと、聖女のことを知られると、その力を利用する者が現れるからだと聞いています」

聖女の力を利用しようとする人があとを絶たないので……と、ジョナスが困ったように肩をすくめる。

「聖女のことが広く知れ渡って、万が一にでもそれを悪用されたら困りますから。副隊長は『謎があった方が聖女の神秘さが強まるからいいよね』なんて言ってましたが」

「ふふ。確かにアルトはそんなことを言いそうね。でもそれって、私が読みたいって言ったら読ませてもらえるのかしら？」

ジョナスが少し難しい顔をして考え込んだ。

「オレじゃわからないので、隊長が戻ってきたら聞いてみますね。でも聖女に関係する書物には一通り目を通しているので。オレでわかることならなんでもお答えしますよ」

「うーん、大丈夫。ありがとう」

日記の聖女について知りたいけれど、ジョナスに尋ねてあやしまれたくない。それに日記のこともあの地下通路のことも、私だけの秘密にしておきたかった。

(聖女が秘密を持つなんていけないことなんだろうけど、でも……)

なにもかも勝手に決められて、聖女だからそれが当たり前だってずっと思ってきた。

(でも少しくらい逆らってみてもいいわよね?)

いつも自由を求めていた日記の聖女にほんの少し背中を押してもらう。

(それにテオだって、婚約のことで私になにかを秘密にしてるんだもの。私だってこれくらい秘密を持ったっていいじゃない)

私にばっかり意地悪で、婚約したというのにその理由も教えてくれないテオ。もしテオに隠し事をしていると知られたら、いったいどんな顔をするだろうか。

(別に秘密を知られたくはないけど、でもあのいつも不機嫌顔のテオを驚かせたり鼻をあかせたりできたら楽しいだろうな……)

想像しただけで顔がにやけそうになって、あわてて口をギュッと引き締める。

(テオが戻ってくる前に、また王宮の書庫に行ってみようかな)

そんなことを考えていたからか、すぐ後ろにいたジョナスがホッと胸をなでおろしていることに私は気づかなかったのだった。

　これ以上体調が悪いふりをするとタマラやジョナスにいよいよ心配されそうだったので、それからは毎晩ベッドの中で少しずつこっそり日記を読み進めた。日記の聖女は不満の多い生活の中で婚約者との交流をとても楽しみにしており、私も日記を読みながら友人の恋を見守るように彼らのことを応援してしいた。

　しかし「魔竜」の文字が何度も出てくるようになったあたりから、急に日記の筆跡が乱れ始めた。『とうとう魔竜が現れた』『どうして』『なんで』『嫌だ』そんな言葉が荒々しく書き殴られている。

「えっ！」

　それはまるで、ここまで綺麗《きれい》な字で日記をつづってきた聖女らしくなかった。そして日記の端に小さな文字で『聖女になんてなりたくなかった』と書かれ、そのすぐ後から真っ黒に塗りつぶされたページが続き、そこで日記は終わっていた。

「どうして……？」

　いったい日記の聖女に何があったのだろうか。よく見れば塗りつぶされたページには滲《にじ》んだ箇所がいくつも見られ、それは日記の聖女の涙の跡のように見えた。

「いったいあなたの身に、なにが起こったの？」

　日記に尋ねても答えてくれるはずがない。私は日記を胸に抱きながら、彼女の身に何が起こったのかを調べようと心に決めた。

◇◇◇

ほとんど眠れぬまま夜を過ごした次の日、私はタマラとジョナスに礼拝堂に一日こもることを伝える。

「ゆっくりと祈りを捧《ささ》げたいから」

タマラとジョナスは顔色の悪い私を見てやめさせようとしたけれど、決して中をのぞかないでくれと言い張り、彼らを礼拝堂から追い出した。おそらく数日以内にテオが戻ってきてしまう。

（テオが戻ってきたら、きっと水晶宮からは抜け出せない）

テオは目ざといから、地下通路のこともバレてしまうかもしれない。多少あやしまれたとしても、テオに内緒で王宮の書庫に行けるのは今日しかない。私は着込んでいた聖女の服を脱いで身軽になると、上着の中に脱いだ服を丸めて詰めた。これでもし中をのぞかれても、祭壇に向かって跪《ひざまず》いて祈っているように見えるだろう。さらに念のため、日記の聖女が書いていたやり方を真似《まね》して、聖女の力で礼拝堂の扉を開けられないようにしておいた。

（ちゃんとできてるといいんだけど……）

礼拝堂の扉がほんの少し輝いて見えたので、おそらく大丈夫だ。そして私は秘密の地下通路を通って、王宮の書庫を目指した。

（『聖女』と書かれた本が禁書のある部屋の棚にあったのだから、きっと私の知りたいこともそこ

にあるはず）

秘密の地下通路を小走りで進み、床板の隙間から書庫に誰もいないのを確認すると中に入り、棚から何冊か本を抜き出して地下通路に戻る。通路の階段に座って本を開くと、まとった聖女の光で本を照らしながら読み進めた。

この前見かけた年表のような本には、小さな文字で人の名前や事件が書かれている。これ一冊だけではよくわからなかったけれど、他の本と見比べたりしているうちにようやく日記の聖女の名前がわかった。

「ヘルドリーテ……あなたの名前はヘルドリーテっていうのね」

名前を知って、とたんに日記の聖女の姿が色鮮やかに浮かび上がる。ヘルドリーテの名前で年表を調べると、彼女は当時のエードラム王国の第二王子と結婚していた。ただしその結婚はあまり幸福なものではなかったようで、すぐに離婚して後世はずっと水晶宮にこもって過ごしていたと記されている。年表には王家の家系図もあり、ヘルドリーテと結婚していた第二王子はその後ほかの女性と結婚して子どもをもうけていた。

（この第二王子の名前、日記にあった婚約者の名前と違う……）

薄々察してはいたけれど、日記の聖女ヘルドリーテは婚約者と結婚できなかったのだ。

（あんなに心を許して信頼していたのに……）

婚約者のその後について調べてみたけれど、日記にあった名前だけではどうなったかまではわからなかった。

「……だから日記を見られたくなかったのかな」

勝手にヘルドリーテの日記を読んでしまったことに今さらながらひどく心が痛む。おそらく日記のあの黒く塗りつぶされたあたりで、ヘルドリーテは第二王子と結婚をしたのだ。なぜ急に結婚なんて……と考えてひとつのことに思いあたる。

「魔竜……」

聖女、結婚――そして魔竜。

ぞわりと全身に鳥肌が立つ。それはなんだか私に嫌な想像をさせた。私はまた通路から書庫に這《は》い出ると、今度は魔竜について書かれている本を探す。何冊か手に取って中身を確認してみるが、文字がかすれていたり古い言葉で書かれていたりして、読めないものばかりだった。それでもなんとか読めそうな本を抱え、通路の階段に座りながら読み解いていく。

(テオが帰ってくる前に調べ終えないと)

硬い石の階段に座りっぱなしでお尻が痛くなってきたけれど、気にしていられない。

「えっと、魔獣はある程度数が増えると共食いを始め、生き残った個体が巨大化する習性がある。そのため数が増える前に倒す必要がある――と」

魔獣は小型のものから現れて、放っておくと中型、大型が現れると聞いている。だからまだ魔獣が小型のうちに倒す必要があって、だから今もテオとアルトが小型の魔獣の倒し方を指導しに行っているはずだ。

(魔獣は共食いをして大きくなるんだ……)

真っ黒な姿の魔獣たちが共食いする様を思い浮かべ、恐ろしくて身震いをする。

「えーと、それで……大きくなった魔獣はさらに一ヶ所に集まって共食いを始める。そうして巨大化した魔獣を魔竜と呼ぶ——魔竜！」

これまで大型の魔獣が出てもしっかり討伐してきたので、大型の魔獣が複数現れたことはない。

（でも、もし大型の魔獣が複数現れて共食いを始めたら……魔獣は魔竜になる）

魔竜は山のような大きさだと書かれていた。そして恐ろしく凶暴だとも。私の聖女としての勘が、この魔竜こそが『大いなる災い』だと告げていた。

「結婚……婚約……」

きっとこれが、私とテオの婚約にも関係している。そんな気がして、私はもう一度書庫に出た。

（聖女と魔竜について書かれた本は……）

なかなか探しているものを見つけられなかったけれど、ようやくお目当てのものを見つけ、通路の階段に座りボロボロになった本をめくる。その古ぼけた本には聖女と魔竜、そして英雄について書かれていた。かすれた文字をなぞりながら一文字ずつ読んでいく。

「大いなる災いを退けられるのは聖女の力のみ」

どうやら聖女は魔獣と、さらには魔竜の攻撃や呪いをすべてはね返すことができるらしい。思い返せば、どんなに魔獣があふれるところに遠征に行っても私自身が襲われることはなかった。それは護衛騎士が護ってくれていたからだけじゃなく、私の聖女の力のおかげもあったのだろう。

（そういえばあの時も……）

私が聖女の力に目覚めたきっかけは、魔獣に襲われた時だった。そしてその時も、確かに私は傷ひとつ負わなかった。

（あの時それを知っていれば……）

魔獣に襲われた時のことを思い出して苦い後悔が胸に広がる。

（ううん。今はそれよりも本の続きを読もう）

ひとまず後悔を頭から追い出し、再びページに目を落とす。

「聖女は魔竜を倒す力のすべてを別の者に授けることができる」

胸の動悸《どうき》が激しくなって痛いくらいだ。読み進めるのが怖い。

（でも……）

震える手でページをめくる。

「その方法とは――」

私はギュッと目をつぶり、ゆっくりと目を開いてもう一度そこに書いてある文字を読む。しかし書いてある文字が変わることはなかった。

『その方法とは、聖女と交わること』

何度、読み直しても本にはそう書いてあった。

三章　かわいそうな私

『聖女の力を授かるためには、聖女と交わる必要がある』

本には確かにそう書いてあった。さらに、聖女と交わりその力を授けられた者は大いなる災いを退ける英雄となる、とも。

（だからヘルドリーテは第二王子と結婚したのね。第二王子を英雄にするために）

そして、ヘルドリーテから聖女の力を授けられた第二王子は、大いなる災いである魔竜を退けて英雄となったのだろう。

「そんなことって……」

ヘルドリーテの悲痛な叫びが書かれた日記を思い、両手で顔を覆う。だから歴代聖女はエードラム王国の王子と結婚してきたのだ。聖女が望むと望まないとにかかわらず、ただエードラムの王子を英雄とするためだけに。水晶宮《すいしょうきゅう》の礼拝堂に色鮮やかに描かれていた建国神話の壁画が、途端に異様で気味の悪いものに思えてくる。これまでいったいどれほどの聖女が辛《つら》い思いをしてきたのだろうか。

「は……気持ち悪い」

気分が悪くなってえずいたがなにも出てこず、朝食を食べてから何も口にしていないことに気づく。地下通路の中は暗くて時間がわからないが、おそらくもう夕方になるだろう。

(そろそろ戻らなくちゃ……)

口に広がる苦いツバを飲み込んで、吐き気をなんとか落ち着かせる。王子に力を授けたあとの聖女たちはどうなったのだろうか。第二王子と離婚し水晶宮にこもったヘルドリーテは、その後、幸せに過ごせたのだろうか。

(聖女だなんて言って敬われたって、ただ英雄に力を授けるためだけのモノなんじゃない……。ヘルドリーテが『聖女になんてなりたくなかった』と書き残した気持ちが、今ならよくわかるわ)

日記を黒く塗りつぶしたヘルドリーテのことを思うと胸が苦しい。

「そっか……。そういうことだったんだ……」

私は聖女がなんのためのものなのかを知って、暗い気持ちになるのだった。

持ち出した本を本棚にしまってから、地下通路を通って礼拝堂まで戻る。身代わりに置いておいた服を着込んで礼拝堂の外に出ると、外は日が落ちてすっかり暗くなっていた。

「ユリア様!!」

飲まず食わずでこもっていた私を心配して、タマラとジョナスは食事を取らせたあと、すぐに私をベッドに横にならせた。

「心配で礼拝堂の扉を何度も開けようとしたのに開けられなくて、もう少しで扉を壊そうかと思いました」

ベッドサイドでタマラが泣きながら訴えるので、どうやら聖女の力はうまく使えたらしい。私はベッドで横になりながら天井を見つめ、今日知ったことについてひたすら頭を巡らせた。

（聖女の力は本当は魔獣の呪いを防いだり浄化したりするためのものじゃなくて、魔竜を倒すための力だった）

でも聖女が魔竜を倒せるわけじゃない。いくら魔獣にやられることがないとしても、まともに剣のひとつも振るったことのない私に魔竜が倒せるとは思えなかった。そして今日読んだ本によると、かつて王子ではない者が英雄になった時は、魔竜を倒したあとに国が荒れたとあった。英雄を新たな国王にしようと、国を二分する争いが起こったのだとか。

（だから王子を英雄にするんだろうな）

今の国王陛下も家系図を遡《さかのぼ》れば英雄ジールに行き着く。それだけこの国にとって聖女も英雄も存在が大きかった。私が水晶宮から自由に出られないのも、会う人すべてを決められているのも、勝手に聖女の力を授けたりできないようにするためなのだろう。

（水晶宮が聖女を護《まも》るために造られたというのもきっと嘘《うそ》じゃないけど……。でもそれは聖女の力を護るためであって、聖女の力を他の誰にも渡さないためなんだわ）

『この世に大いなる災いある時、聖女が現れる』という言い伝えのことを思えば、私という聖女がいるからにはいずれ魔竜が現れるのだ。最近、魔獣の数が増えていたり羽の生えた魔獣が現れたりしているのは、もしかすると魔竜が現れる前兆なのかもしれない。魔獣よりももっと恐ろしいであろう魔竜の姿を想像して身震いする。

(そうか……私が力を授けなければ、魔竜によって多くの人の命が奪われるんだ)

ふとテオの真っ白な騎士服が、魔竜の血で真っ赤に染まる姿が頭に浮かぶ。

「嫌っ……!」

聖女が英雄に力を授けるために利用されているだけだとしても、呪いで苦しむ人を、そして傷つくテオの姿を見たくはなかった。

(そうだわ。もし今魔竜が現れたら、その時に英雄になるのは――)

「テオだわ」

そして私は舞踏会でのマウリッツ殿下の言葉の意味にようやく思い至る。

『心苦しいがあなただけが頼りだ。申し訳ないが頼んだよ』

あの時テオがマウリッツ殿下に頼まれたのは、押しつけられたのは、聖女じゃなくて英雄の方だ。身体《からだ》の弱いマウリッツ殿下では、たとえ聖女の力を授けられても魔竜を倒せるかわからない。だからテオは、英雄となって大いなる災いである魔竜を倒す役目を押しつけられたのだ。

「あぁ、なんてこと……」

テオが英雄になるためには聖女の力が必要で、そのために私と交わらないといけなくて。

(だから婚約するの? 婚約もしてない相手と交わったりはできないから?)

結婚していない相手と交わることは許されないが、婚約していれば多少許されることがあると聞く。でも婚約はしても結婚したくない理由はなんだろうか。

「テオには誰か結婚したい相手がいるのかな……」

ヘルドリーテと結婚した第二王子のように偽装結婚をして、本当に結婚したい相手に嘘をつくような真似《まね》をしたくなかったと考えれば納得できる。テオは英雄となるために私と婚約をして交わるけれど、結婚まではしない。きっとそれが、英雄にならなければいけないテオなりのけじめなのだ。

「なんだ……バカみたい。それなら最初からそう言えばいいのに」

そう言いながらも私は、テオには無理だろうとも思っていた。

(結婚はしたくないけど英雄になりたいから交わらせろ……なんて、そんなことテオが言えるはずないわね)

とっくに結婚していてもおかしくないテオが結婚をしていないのも、いずれ私と婚約しないといけなかったからだろうか。

(もしかして、私がテオの結婚の邪魔をしていたの？)

それなら私に対してだけいつもあんなふうに不機嫌だったのもよくわかる。

(私だって、別にテオの結婚を邪魔する気なんてなかったわ……)

知らなかったのだから仕方がないと言い聞かせながら、なぜだか胸が潰れてしまいそうだ。私がテオに嫌われていることなんて、もうとっくの前から気づいていたはずなのに。

テオが私を護っているのも、私の味方をしてくれるのも、英雄になるために聖女の力が大事だから。婚約だけして結婚する気がないのも、聖女の力は必要だけど結婚したい相手は別にいるから。

「……全部わかって、スッキリしたわ」

ベッドに寝転がったまま、ただぼんやりと天井の模様をながめる。

（ここは私を護るための場所なんかじゃなくて、ただ聖女の力を逃がさないための檻《おり》……）

見慣れたはずの天井が、今日はなぜか滲《にじ》んで歪《ゆが》んで見えた。

◇◇◇

次の日、魔獣討伐から戻ってきたテオはすぐに私のところに無事に帰ってきたことを報告に来た。

「ただいま戻りました」

「おかえりなさい」

昨日想像した血塗れの姿とは違う真っ白な騎士服にホッと息を漏らす。いつも通り一撃で魔獣を仕留めたのだろう。この場にはテオしかいなかったので、私はちょうどいいとばかりに話しを切り出した。

「……ねぇ、あなたに話したいことがあるの。少し時間を作ってもらえないかしら？」

テオのことをまっすぐ見ることができなくてうつむいていたら、ぐいとあごをつかんで顔を上げさせられた。

「きゃっ！　な、なに？」

テオがやけに険しい顔で私の顔をのぞき込んでくる。

「ひどい顔色だ。いったいどうしたんですか。俺がいない間になにがあったんですか？」

ここのところ寝る間も惜しんで日記を読んでいたせいで、きっとひどい顔色をしているのだろう。それに昨日だって全然眠れなかった。テオはそのまま私の腕をつかんで立たせると、寝室につれて行こうとする。

「ジョナスもタマラもこんなになるまで何をしていたんだ！　すぐに休んでください！」

「ま、待って！　あの、二人を怒ったりしないで！　ちょっと寝不足なだけだから。それよりも、あの、あまり人に聞かれたくない話があるの」

「まずは休んでください。話はそれからです」

テオはそれ以上無理に引っ張ったりはしなかったけれど、私の腕をつかんだまま不機嫌な顔でにらんでくる。

「あの……話ができたらゆっくり休めると思うの。だから、このあと少し時間をもらえないかしら？」

「……わかりました。陛下に遠征の報告をしないといけないので、それを終えたらすぐに戻ってきます。あなたはそれまでベッドで休んでいてください」

「わ、わかったわ。だから手を放して？」

テオは渋々といった表情で私の手を放した。私はテオにつかまれていた腕をそっと胸に抱く。

「じゃあ寝室のベッドで待っているから、そこに来てくれる？」

「……はい」

テオはグッとあごを引いて眉間に深いシワを寄せてから、小さくうなずき部屋から出ていった。

テオが出ていってから、私は寝室に向かい着替えてベッドに腰かけた。眠いはずなのに頭が冴《さ》えていて、まったく眠れそうにない。このあとのことを考えると、小刻みに身体が震えた。

「大丈夫よ……大丈夫だから……」

自分に必死に言い聞かせていると、廊下から微《かす》かな足音が聞こえてきた。テオがこんなふうに足音を立てるなんて珍しいから、よっぽど急いで戻ってきたのだろう。寝室のドアがノックされてテオの声がする。

「ユリア様、お待たせしました」

「ええ、入って」

普段は護衛のためだとしても、寝室の中まで入ってくることはほとんどないからか、ドアを開けたテオは一瞬ためらった様子を見せる。しかし私が手招きするのに気づき、静かな足取りで部屋に入ってきた。

「それで、お話とはなんですか？」

「あの……もう少し近くに来てもらえる？」

ベッドの足下に離れて立っていたテオを、近くまで呼び寄せる。テオは眉間にシワを寄せてため息をつくと、私のすぐそばまで近寄って跪《ひざまず》き、私の顔をのぞき込んだ。

「ひどい隈《くま》ができています。どれくらい眠れていないんですか？　なにか悪い病気かもしれない。すぐに医者の手配をさせます」

「別に調子は悪くないわ」

今にも立ち上がって医者を呼んでこようとするテオを止める。

「では、なにか悩みでもおありですか？」

「……そうね。あるわ」

テオの眉間のシワがいっそう深くなる。

「俺にできることはありますか？」

「えぇ。あなたにしかできないことがあるの」

「それは……俺が悩みの原因ということですか」

その言葉には答えず、私はギュッと目をつぶり両手を握りしめる。

「あのね、私、あなたとの婚約を破棄したいの」

するとテオが小さく息をのんだ。

「それは……王命ですから今すぐには無理です。でも、できるだけ早く婚約を破棄するようにします。それに、おそらくもうすぐ」

「目的さえ達せられれば、別に婚約する必要はないんでしょう？」

「目的？」

早口でまくしたてる私に、テオが怪訝《けげん》な声を出す。そう、どうせ避けられないのなら、こんなことさっさと終わらせてしまえばいいのだ。テオの結婚を邪魔するような、こんな馬鹿みたいな婚約だって破棄できる。そして聖女の力を授ければ、テオが魔竜にやられて死ぬことはないのだから。

私は着ていたガウンの腰紐《こしひも》に手をかけると、そのまま一気に解《ほど》いた。

腰紐を解いてガウンを脱いだ私は、その下になにも身につけていなかった。まっさらな裸の肩に、胸に、背に、流れ落ちた銀の髪が触れる。寒くもないのに、私の身体は細かく震えていた。裸をテオにさらしているのが恥ずかしくて、怖くて、目をつぶったままうつむいていたら、テオが立ち上がる気配がして、すぐに頭の上から何かを被《かぶ》せられた。重くて分厚い布の感触と、あたたかい温《ぬく》もりと、新緑のようなテオの香り。

「何をしているんですか」

「見てわかるでしょう。服を脱いだのよ」

「早く服を着てください」

珍しくテオが焦ったような声を出している。目を開けると、頭の上からテオの上着が被せられていた。私は上着をつかんでベッドの下、それもテオの手の届かない方へと投げ捨てた。

「なにを……！」

キッと顔を上げてテオをにらみつけると、テオは片手で両目を覆ってすぐに顔を横に背けた。

「やめなさい。どうして、こんな」

「もちろん、あなたと交わるためよ。裸になって抱き合うのでしょう？　こういうことにどれくらい時間がかかるものなのかわからないのだけど、あなたの次の予定までにちゃんと終わらせてもらえるかしら？」

「一体、なにを言って」

「あと、申し訳ないんだけど私は初めてだから、あまり痛くしないでもらえると助かるわ。初めては痛いらしいし。あぁ、でも、あなたは女性に慣れているから大丈夫かしら」

「おい！」

「いいじゃない、別に減るものじゃないし。こんなことさっさと終わらせましょう。その方があなたも助かるでしょう？」

自分でももうなにを言っているのかよくわからない。それでも震えた声のまま勢いに任せてまくしたてる。

テオは目をつぶって横を向いたまま、私の言葉を遮るように大きな声を上げた。

「ふざけるのもいい加減にしてください！」

「ふざけてなんかないわ。だって、魔竜を倒すためには……あなたが英雄になるためには、聖女の力が必要なんでしょう？」

テオが大きく息をのみ、声を詰まらせた。そして目をつぶったまま大きく顔をしかめると、喉の奥から絞り出すように低い声でつぶやく。

「誰に聞いたんですか」

「自分で調べたのよ。私だってなにも考えないお人形じゃないわ」

「あなたは人形ではありません」

それだけをやけにはっきりとした声で言う。目をつぶり、横を向いて、決して私を見ようともしないくせに。

「だって……あなたは私と婚約はするけど、結婚するのは嫌だって言ったじゃない」

「俺はあなたと結婚するつもりはない、と言ったんです」

「同じことだわ。あなたは英雄になるために私と交わらないといけないんでしょう？　だったら早く交わって、こんなことさっさと終わらせましょう」

「ユーリ」

テオの低く沈んだ声がわずかに怒りを帯びているのがわかったが、構わずに喋《しゃべ》り続ける。

「あっ、あなたは処女が嫌かもしれないけど、聖女の力を勝手に授けるわけにはいかないからあなたが選ばれたのよね。だったら、それぐらい我慢してよ。それとも私なんかじゃその気になれないってこと？　それなら私は声を出さないようにするから、目をつぶって別の人のことでも考えてればそれで」

「ユーリ！　黙れ!!」

ビリリと空気が震えた。男の人の本気の怒鳴り声はあまりに恐ろしく、私は固まって動けなくなってしまう。

「あんまり馬鹿なことを言うものじゃない。……大きな声を出してすみませんでした」

テオは短く息を吐き、こぶしを硬く握りしめたまま私に背を向けて歩きだす。

「医者を呼んできます。あなたは早く服を着てください」

そのまま部屋を出て行こうとするテオの背に向かって叫ぶ。

「じゃあなんで私と婚約したのよ！　私の力が必要なんでしょう!?　抱けばいいじゃない!!」

「俺が婚約しなかったら、あなたは他の男に抱かれないといけなくなるんだぞ!!」

「……は？　なによそれ」

その場で足を止めたテオは、私に背を向けたまま怒りを鎮《しず》めるようにゆっくりひとつずつ言葉を落としていった。

「俺は英雄になる気はないし、あなたに手を出す気もありません。だから俺と婚約していれば、ひとまずあなたが他の男とどうにかなることもない」

「英雄になる気がない……？」

テオがなにを言っているのかよくわからず少し考えこんでから、やっとその意味が見えてくる。

「この婚約は、私のためだって言うの？」

「……」

テオが黙っているということは、あたり、だ。

私が聖女として誰かと交わってその力を授けなくてもいいように、テオが婚約者となって止めていると言いたいのだろう。

「そんなの、今さらだわ……」

聖女となり水晶宮に閉じ込められ、出会う人もすべて決められているのに、今さら純潔だけ守られてなんの意味があるというのか。

「聖女というだけで、好きでもない男に身体を差し出さないといけないなんて、そんなのおかしいでしょうが。それにあなたがこのことを知れば、こうやって自分の身を犠牲にするだろうと思ったからなにも言わなかったんです」

だから教えなかったのに、と小さく舌打ちをして忌々《いまいま》しげに吐き捨てる。

「……もしかして、あなたが私の目に入らないように隠させていたの？」

「……」

また黙っている。水晶宮の書庫に聖女の本がなかったのも、すべて私から隠すためだったのだ。

(こんな大事なことを私に隠して、勝手に護ってる気になって、でもそれは私の気持ちを無視していることとどう違うの？)

誰かを英雄にするために、聖女が身体を差し出さないといけないなんて馬鹿げている。そんなの、私だって本当は嫌だ。でも、でも――。

「私のせいで多くの人が死んでしまうかもしれないのに、そんなことされても喜べないわ」

「あなたのせいじゃありません」

英雄がいなければ魔竜は倒せないのだ。どうしてテオはこんな簡単なことがわからないのか。

(それに魔竜が倒せなければテオだって……)

テオの真っ白な騎士服が真っ赤な血の色に染まるのを想像して、一気に血が引いた。もう二度あんな姿を見たくない。

「私のことなのに、私に秘密にするなんてひどいじゃない」

「現に、あなたはこのことを知って俺に身体を差し出そうとしているじゃないですか！　俺はあなたにこんなことさせたくなかったんです」

「貴族なら政略結婚だって当たり前よ。別に相手が誰だって変わらないわ」

「……それでも俺は、あなたに、どこかの誰かを英雄にするなんてくだらないことのために、身体を差し出すような真似をさせたくない」

　これで話は終わりだとでもいうようにテオが歩きだそうとする。

「くだらなくなんてない。多くの人の命を助けるためだもの。大事なお役目じゃない。どうせ私一人じゃ何もできないんだから、役に立てて嬉《うれ》しいくらいよ」

「ユーリ。いい加減にしてくれ」

　テオが腰に手を当てて大きく息を吐いた。それはまるで駄々をこねる子どもに言い聞かせるような呆《あき》れた声だった。私はきちんと聖女としての義務を果たそうとしているだけなのに。

「同情ならいらない」

　自分で思っていたよりもずっとずっと冷たい声が出て、テオもぴたりと動きを止める。モノのように扱われるのは嫌だけどそれでも仕方ないと、みんなが、テオが死んでしまうよりよっぽどいいと覚悟を決めたのに、その覚悟を踏みにじられた気分だ。

（私がなにもできないから？　私がなにも持たないから？　私が……かわいそうだから？）

　テオに同情されていたのかと思うと、みじめな気持ちが胸に広がる。

「私のことがかわいそうだから婚約してやったって言われても、全然嬉しくない」

「ユーリ……」

こんなかわいそうな子だと同情されるくらいなら、まだ嫌われているだけの方が良かった。その方がまだ対等だと思えただろう。こぼれそうになる涙をぐっと我慢する。

「あなたは私のことなんて嫌いなくせに!!」

「そんなことない！」

テオの背中をにらみつければ、後ろからでもわかるくらい、きっちりボタンを首まで留《と》めているシャツが目に入る。

「嘘よ!!　だって、いつもその首までしっかり隠しているじゃない。その首の傷をつけたのが私だから、私のことを恨んでいるんでしょう!?」

「は!?　なんでそうなる。これをつけたのはあなたじゃなくて魔獣だろ！」

「でも、昔あなたが魔獣に襲われたのは私のせいじゃない!!」

「違う！」

そう、あれは私が聖女の力に目覚めた時のこと、魔獣に襲われた私をかばってテオは首に大きな傷を負った。いつも首が隠れるようにきっちり服を着こんでいるのもその傷を隠すためだ。あの時から私は、テオに恨まれて、嫌われている。

「どうせ聖女は魔獣に襲われないなら、私なんて護らなければ良かったのに。あなただってそう思っているんでしょう!?」

「違う！　あなたが勝手に俺の気持ちを代弁するな!!」

ふり向いて怒鳴ったテオは、私の裸が目に入るとすぐにまた気まずそうに背を向けた。

「なによ……なによ……!!　バカ！　あなたなんか大っ嫌い!!　私を抱けないなら用はないから出てって!!」

「ユーリ、俺は……」

私は枕をつかむとテオの背中に向かって投げつけた。

「あなたの顔なんて見たくない!!　早く、出ていって――!!」

思いっきり叫び声をあげると、ドアの外から遠慮がちなノックが聞こえてきた。

「ユリア様？」

「ユリア様、隊長、大丈夫ですか？」

どうやら騒ぎに気がついたタマラとジョナスが駆けつけたようだ。私はドアに向かって叫ぶ。

「タマラ！　タマラ!!　お願い！　この人を早く追い出して！」

寝室のドアがわずかに開き、タマラがおそるおそる中の様子をうかがう。テオは床に落ちた上着を拾うと素早くドアの前まで行って遮るように立ち塞がった。

「ジョナス！　下がれ!!」

「ユリア様……。あの、テオドロス隊長？」

テオの身体の隙間から私をのぞくタマラは、テオの顔と交互に目をやって心配そうにしている。

「俺はすぐに出ていく。タマラ、後を頼む。ジョナス、おまえは絶対に入ってくるな。中も決して見るな。そうだ、下がって部屋の前で待機していろ」

「早く、出ていって!!」

冷静に指示を出すテオにイラついて、私はたたみかけるように怒鳴りつける。テオはほんの少しためらう様子を見せたが、すぐに部屋から出ていった。入れ替わりに部屋の中に入ってきたタマラは、ベッドの上で裸で取り乱す私を見て顔を青ざめさせている。

「ユリア様、あの、テオドロス隊長がなにか……」

「なにもない……なにもなかったわ……」

脱いだガウンを着込みベッドに横になると、タマラは黙って乱れた部屋を直してくれた。

(テオはいつから私のことをかわいそうな子だと思っていたんだろう……。もしかして最初から？ 初めて会った時から、テオは私のことをかわいそうって思っていたの？)

『ユーリとなんて、絶対に結婚しない』

あぁ、そうだ。あの時もテオはそう言っていたじゃないか。枕に顔を押し付けてにじみ出そうになる涙を必死にこらえていたら、私はそのまま意識を失うように眠ってしまった。

◆◆◆

幼い頃の私は、母の生家である伯爵家の屋敷に住んでいた。私の祖父母にあたる母の両親はすでに亡くなっており、母の異母弟が当主を務めていた。物心ついた時から父親はおらず、周りの噂《うわさ》によると、私の父親は事故で亡くなり母子共々婚家を追い出されたのだとか。

「あなたが息子だったらまた違ったのでしょうけれど」

母が私を抱きしめながら、たびたび泣いていたのを覚えている。叔父夫妻から私たち親子はあまりよく思われておらず、私が少しでも泣くと「うるさい」と怒鳴られ、私はいつも声を殺して生活していた。

ただ、母はとても美しい人だった。後に母は、エードラム王国を訪ねて来ていた遠い国の王族にその美貌で見初《みそ》められ、側室として望まれた。しかし娘である私は置いていくように言われ、母は泣きながらも私を置いて遠い国へと旅立った。それから母には会っていない。あの時の母が悲しんでいたと感じたのは私の願望だったのかもしれないけれど。

それから大人たちの間でどういう話し合いがあったのかはわからないが、母と仲が良かったというニーラント公爵夫人が四歳の私を引き取ってくれた。その頃、息子であるテオは公爵家におらず、王太子候補として王宮で教育を受けていたらしい。そして私がニーラント公爵家でお世話になりはじめてちょうど一年後、国王陛下夫妻のもとにマウリッツ殿下が誕生し、王太子候補から外れたテオが公爵家に戻ってきた。そこで初めて、私たちは顔を合わせることになる。

◆◆◆

「なんだよ、おまえ。笑うしかできない人形か？　ヘラヘラして馬鹿みたいだ」

鮮やかな赤い髪を持つ十歳の少年テオが、私を見て不機嫌そうに口の端を下げる。それはちょうど私が、「今日から兄妹《きょうだい》として仲良くして欲しい」とニーラント公爵家のおじさまとおばさまにお願いされて、テオのところに挨拶に来た時のことだった。

伯爵家では、泣くと怒鳴られたので私はずっと泣くのは悪いことだと思っていた。だから公爵家では決して泣くまいといつも気を張り、その時もにこにこと笑っていたはずである。それなのにこの家の息子であるテオに、今度は笑っていることを怒られてしまった。

（どうしよう……。このままここを追い出されちゃうの……？）

それまでずっと我慢していた私は、どうしていいかわからずその場でぼろぼろと大粒の涙をこぼし始める。

「わ！　なんだよ！　そんな、泣くほどのことじゃないだろ」

不機嫌そうに顔をしかめていた少年は、目の前で急に泣き出した私を見てオロオロとうろたえだす。しかし私は人前で泣いてしまったことに動揺してさらに涙を流してしまった。泣いていてはいけないと思えば思うほど涙があふれてきて、私はテオの服をつかんで嗚咽《おえつ》をもらしながら必死に頼みこむ。

「お願い……おじさまと、おばさまには、言わないで……泣いたら……ここも、追い出されちゃう……」

テオは驚いたような顔をしたあと、眉を下げて私の手を優しく包みこんだ。

「お父さまもお母さまも、こんなことで君を追い出さないよ」

「……ほんと？」

「あぁ」

ようやく涙が落ち着いた頃、テオはきちんと整えられた赤い髪をガシガシかきながら気まずそうに口を開いた。

「悪かったよ。俺がお父さまやお母さまたちと過ごせなかった間も君が俺の代わりに一緒にいたのかと思ったら、うらやましくてつい意地悪を言った」

照れくさいのか少し顔を赤らめるテオの姿にホッとして、私の目はまた涙でうるむ。

「わあっ！　だから謝ってるだろ！」

テオは辿々《たどたど》しい手つきで私の涙を拭いながら、何度も頭をなでてなぐさめてくれる。おじさまもおばさまもとても優しい方だったけれど、いつも気を張っていた私はうまく甘えることもできず、こんなふうに触れてもらったことなんてなかった。それがまた嬉しくて、私はテオに頭を撫でてもらいながらいつまでも泣き止《や》むことができなかった。

「そんなに泣くと干《ひ》からびるぞ。泣き虫ユーリ」

あまりにも泣き続ける私にうんざりしながらも、テオは困ったように笑って水の入ったコップを差し出してくれた。そして私とひとつの約束をする。

「泣くのを我慢しすぎるのもきっと良くない。お父さまとお母さまには言わないから、辛いことがあったら俺のところで泣けばいい。泣かせてしまったお詫《わ》びだ」

「……いいの？」

「妹には優しくしないといけないからな」

テオはぷいと横を向いて不機嫌そうに顔をしかめたけれど、私の頭を撫でる手は驚くほど優しくて、私はまた泣いてテオをさらに困らせてしまったのだった。

◆◆◆

それからの私は、時間を見つけてはいつもテオのところに遊びに行った。

「テオ！　テーオ‼」

「ユーリ。いま勉強中だからもう少し待ってな」

「うん！」

テオは公爵家に戻って来てからも勉強だったり剣や馬の稽古だったりで、いつも忙しそうにしている。それでもできるだけ私と二人きりの時間を作ってくれた。

テオはとても優秀な子だったけれどヤンチャなところもあって、たまに私を誘って二人でイタズラなんかもした。二人で隠れて笑っているところを見つかって、一緒に怒られたりしたものである。おじさまもおばさまも怒るととても怖い方だったけれど、そのあと決まって私を抱きしめてくれた。大人に怒られても怖いことだけじゃないと、テオがいなかったら私は今も知ることがなかっただろう。

そして私はしょっちゅうテオに泣かされた。テオは私が泣くのを我慢しているとなぜかすぐに気づき、虫やトカゲを見せて驚かせては泣かせようとしてくるのだ。それでも泣かずにいたら鼻の頭をギュッとつまむ意地悪をしてきて、私は痛みで涙を流すこともあった。ただ私が泣くといつもテオは得意げに笑い、そのあとは決まって「ほら」と両手を広げて私を抱きしめてくれる。私はテオの胸の中で散々文句を言いながら、いくらでも泣かせてもらったものだった。

私はなぜかテオの前で泣いている時だけは、素直に本当のことを言えた。

「涙と一緒に思っていることを全部吐き出してしまえばいい」

最初にテオがそう言ってくれたからかもしれない。

「ユーリが泣いている時に言ったことは全部忘れるから、好きなことを言っていいよ」

そんなことも言ってくれた。

「テオの悪口を言うかもよ」

「む……いいよ。ちゃんと忘れるから」

テオは約束通り好きなだけ泣かせてくれて、だから私はそこで初めて「お母さまに会いたい」と泣くことができたのだった。泣いている私をテオはいつも黙って優しく抱きしめてくれて、それは私にとってかけがえのない時間だった。

そうして私たちはまるで本当の兄妹のように過ごし、私はとてもとても幸せな日々を過ごせたのだった。

◆◆◆

私がニーラント公爵家に来てから三年がたったある日、朝の食事の席でテオが全寮制の寄宿学校に進学することを教えられる。その時に過ごしていたのは領地にある屋敷のうちのひとつで、暑い時期に好んで訪れるところだった。庭の一角から森に抜ける道があり、私もテオとたまに庭から抜け出して森で遊んだりしていたものである。これからは一緒に森を走り回れないのかとさびしくてうつむくと、おばさまがなにげなくテオに話をふった。

「テオ。あなたユリアと婚約したらどうかしら？　それならユリアもさびしくないでしょう？」

おばさまは落ち込んでいた私を元気づけようとしてくれたのだろう。婚約というものがよくわからなかった私は、ただそうすればずっとテオと一緒にいられるんだと喜んだ。しかしすぐにテオが不機嫌な声で打ち消す。

「俺は嫌です。ユーリとなんて、絶対に結婚しない」

「まぁ」

そのあとの食事は味がしなかったのを覚えている。私ばっかり喜んだのが悲しくて、でもテオの前で泣くわけにもいかなくて、一人になりたかった私は食後すぐに庭からこっそり森へと抜け出した。

(テオはもうすぐ寄宿学校に行っちゃうんだから、ちゃんと笑って見送らなくちゃ……)

とても悲しくて泣きたいのに、涙が出ない。私はテオがいないとうまく泣くこともできないのだ。

(でもテオは私と結婚したくないって……)

そんなにテオに嫌われているとも知らず、いつも甘えていた自分が恥ずかしかった。

悲しい気持ちのまま森の中でただ膝を抱えてうずくまっていたら、ガサリと木々が揺れる音がした。顔を上げると、そこには真っ黒な獣がいた。背中に大きなこぶがあり、血のように赤い目を持ち身体は黒い鱗《うろこ》で覆われている。大きく開けた口からは、牙をつたってポタリポタリと涎《よだれ》があふれている。黒い獣は私を見て動きを止めた。私は恐ろしくて声も出せず、ただ震えていた。


怖い。

助けて。

誰か。

誰か――。


「ユーリ！　逃げろ!!」

テオの叫び声がして、動きを止めていた獣はその声で目が覚めたようにブルリと体を震わせると、一気に向きを変えてテオに襲いかかる。私は逃げることもできず、目をつぶって聞こえてくる獣の唸《うな》り声とテオのふるう剣の音だけを聞きながらただガタガタと震えていた。


どれくらい時間がたったのかわからなかったが、ふと気づくと周りが静かになっていた。おそるおそる目を開けると、黒い獣が地面に横たわりおびただしい量の赤い血を流している。そして黒い獣が流した血の海の中で、テオは剣を支えにして膝をついていた。

「テオ！」

「ユーリ……怪我《けが》は……？」

大丈夫、と私が口にする前にテオはそのまま血の海に倒れ込んだ。よく見ればテオの首からも血が流れている。私はテオに駆け寄って抱きしめた。

「テオ！　テオ！　しっかりして‼　死んじゃいや‼」

獣の血と首から流れる血でテオの服も私の服もみるみるうちに真っ赤に染まっていく。テオが死んでしまいそうで、私の目からはボロボロと涙がこぼれだした。そして同時に額が燃えるように熱くなり、私の身体をまばゆい光が包む。しかしそんなことには構わず、私はただただテオの名を呼びながら涙を流し続けた。

すぐに屋敷から何人もの人がやってきて、私とテオは屋敷の中まで運ばれた。おじさまは私の額が光を放っているのを見て驚いていたが、すぐに血の付いた服を処分するように指示を出した。

「魔獣の血に触れないように気をつけてすべて聖水で洗い流せ。呪われるぞ！」

私が身体に付いた血を洗い流し着替えている間に、おじさまが呼んだお医者さまがテオを診てくれていた。

「首の傷からの出血は少し多かったけれど、傷口はふさいだので安静にしていれば問題ないでしょう。それよりも魔獣の呪いが——」

お医者さまはテオが浴びたであろう魔獣の血の量を聞いて首をひねる。

「これだけの魔獣の血を浴びたらもっとのたうちまわって苦しむはず。手足だって腐ってもおかしくないというのに、ほとんど呪われていないように見えます」

それを聞いたおじさまが私を見て尋ねた。

「君は、聖女か」

そう言われても聖女がなにかわからない。ただ私の額には見たことのない印が現れて光を放っており、私の身体は印からあふれた光をまとって輝いていた。

「ユリア。君の涙でテオの呪いを浄化できるかい？」

「は、はい……できるかわかりませんが……」

おじさまに教えられる通りに、私はテオの手を取りその手に触れるように涙を流した。するとテオの身体もきらきらと光をまとって輝きだす。苦しそうに歪んでいたテオの表情も楽になったように見えた。

「あぁ……確かに聖女の光だ。君は聖女だったのか」

肩に置かれたおじさまの手がやけに熱く重かったのを覚えている。

それでも私は、自分の涙でテオを助けられるのが嬉しかった。その時に私は誓ったのだ。テオが助かるなら、もう二度と自分のために涙を流せなくてもいいと。これからは聖女の力を使うためだけに涙を流し、自分の感情のままに泣くことはしないから、代わりにテオを助けてくださいと。

無事にテオの呪いを浄化し皆が喜んでいる中で、おじさまだけがひどく複雑な顔をしていた。

◆◆◆

私がテオの呪いを浄化した話が王宮まで伝わると、すぐに聖女として水晶宮で過ごすよう命じられた。

私を待っていたのは厳しい聖女教育で、中央神殿から来た教育係たちは「聖女とはこうあるべし」と聖女らしいふるまいを私に徹底的に教えこんだ。他のことを考える余裕なんてまったくなく、私は女神に祈りを捧《ささ》げながら一日が過ぎ去ることだけを願っていた。教育係以外の身近にいる者は年かさの侍女だけで、彼女は無駄話を一切しない代わりに、私が少しでも聖女らしくないふるまいをすると激しく叱責《しっせき》をする人だった。そんな水晶宮での生活は公爵家に来る前の伯爵家での辛い生活を思い出させた。

(おじさま、おばさまに会いたい。……それに、テオにも)

侍女や教育係に何度か頼んでみたけれど、ニーラント公爵家の人々に会わせてもらうことはできなかった。あまりにも辛い日々に泣きたくなることもあったが、その度にテオのことを思い出し心の中で誓いをくり返す。

(泣かないわ。だって、もう二度と聖女の力を使うためにしか涙を流さないと誓ったもの)

時々なにかの行事で水晶宮の外に出られることがあり、そんな時は人前で涙を流して聖女の力を分け与えて誰かを光らせるという、奇跡のみわざの見せ物にさせられることが多かった。ごくまれに高貴そうな人の呪いの浄化を命じられることもあった。どんな時でも血に染まったテオの姿を思い浮かべれば、私はいくらでも涙を流すことができた。

(私は涙を止めるのも流すのも、テオがいないとできない……)

テオと過ごした公爵家での幸せな三年間のことをくり返しくり返し思い出しながら時が流れ、私は魔獣討伐の遠征に行くことが決まった。専任の護衛騎士がつくことになり、ちょうど寄宿学校を卒業したばかりだったアルトとテオがその役目に選ばれた。厳しい聖女教育も終わり新しく家庭教師がつけられ、私の周りの色々なことが一気に変わっていった。

水晶宮にやってきたテオは立派な男の人になっていて、真っ白な護衛騎士の制服がよく似合っていた。

「テオ!!」

「ユリア様、お久しぶりです」

懐かしくて走り寄る私から距離をとったテオは昔のように「ユーリ」なんて呼んでくれず、不機嫌そうに眉間にシワを寄せすっかり笑わなくなっていた。そして昔は私が泣くと抱きしめてなぐさめてくれたのに、遠征先で私の涙を見るテオは、ただ憎らしげな視線を向けてくるばかりだった。きっと私の涙を見ると、自分が魔獣に襲われた時のことを思い出すのだろう。それを裏付けるようにいつも首元まできっちりとシャツのボタンを閉めて、どんなに暑い日でも首の傷をしっかり隠すように服を着こんでいた。

(あぁ、そうだ……テオは私を嫌っていたんだった……)

別れる直前に『ユーリとなんて、絶対に結婚しない』と言われたことを、楽しい思い出にひたっていた私は都合よく忘れてしまっていた。

（それなのに私なんかの護衛をしないといけなくなって、だからあんなに不機嫌なんだわ）

それでもテオとアルトが護衛騎士としていつもそばにいてくれて、遠征先で助けたのが縁でタマラが私の専属侍女になってくれて、さらにジョナスも増えて、私のさびしく苦しいだけだった生活はとても過ごしやすいものになったのだった。

◇◇◇

騒動のあった次の日の朝、ジョナスだけでなくテオとアルトもやってきた。護衛騎士の全員がそろって顔を見せること自体とても珍しいし、テオとアルトは昨日まで遠征に行っていたので今日はお休みのはずなのに。いつもは椅子に座る私の後ろに控えているタマラが、一歩前に出てさりげなく三人と私の間に立つ。どうもテオを警戒しているようだ。テオはいつもと同じように不機嫌な顔をして、何事もなかったかのようにふるまっている。昨日のことなど、テオにとって別にたいしたことではなかったのだろう。

「おはようございます。昨晩はよくお休みになれましたか？」

「……」

テオがいつもの調子で話しかけてくるのが許せなくて、うつむいたまま口を閉ざして黙っていると、部屋の空気が一気に張り詰めた。昨日の騒ぎを知っているジョナスとタマラが困っているのがわかる。あまり二人を困らせたくなくて少しだけ顔を上げると、ジョナスはテオの後ろで気まずそうにしながら私とテオの間で交互に視線をさまよわせていた。

（もしかして……ジョナスも聖女の力や英雄のことも知っていた？）

そういえば前にジョナスは、聖女について書かれている本を一通り読んだと言っていた。もしそうなら、同じ護衛騎士であるアルトも知らないわけがない。心配そうな顔を見せているジョナスもタマラも、いつもと変わらない様子のアルトも、みんな聖女の力のことを全部知っていたのだろうか。

（みんなで私のことを騙《だま》していたの？　かわいそうだと思っていたの？）

タマラも、アルトもジョナスも……それにテオも。

（私、みんなに同情されていたの……？）

途端にみじめな気持ちに襲われる。別に彼らは私を好きで集まったわけじゃないのだから、たとえ私を騙していたとしても、そして心の中でどう思っていたとしてもそれは自由だ。彼らにそれ以上の気持ちを望む方がおかしい。

（でも……でも……）

唯一のよりどころを失って、足元が崩れ落ちてしまったようだ。するとうつむく私の前にタマラが跪いた。

「ユリア様、ご気分が優れないようならお休みになりましょう」

「タマラ……」

私の手を柔らかく握り込んで顔をのぞいてくるタマラの顔は真剣そのもので、まるでタマラの方が今にも泣いてしまいそうなくらい声を震わせている。

（これが私じゃなくて、聖女に向けられたものだとしても……）

それでも私を心配してくれるタマラの気持ちに嘘はないように見える。皆の聖女を思う気持ちは十分ありがたいし、それで満足しないといけないと思うのに、昔のようにこの世にひとりぼっちになってしまったような心細さが心を占める。みじめなのか、嬉しいのか、悲しいのか、もうよくわからない。ぐるぐる悩んでいると、アルトがこの場にそぐわない明るい声を出した。

「ユリア様。昨晩はよくお休みになれましたか？」

「え？」

驚いて顔を上げると、アルトが爽やかなほほえみを浮かべている。

（どうしてテオが聞いたのと同じことを、わざわざアルトが聞くの？）

困って目を泳がせれば、アルトはほほえみを浮かべたまま軽口を続ける。

「実は僕は枕が変わるとなかなか眠れないタチでして、遠征中はいつも苦労するんですよ。昨晩は久しぶりに自分の部屋で寝られたので、おかげさまでグッスリ眠れました」

「そ、そう。良かったわね」

「最近、ユリア様の夢見が悪いようだとタマラから聞きました。良かったら僕のおすすめの枕職人を紹介しましょうか？　よく眠れるようになるかもしれませんよ」

いきなり枕の話なんてされて面食らっている私に、アルトが美しく整えられた眉をほんの少し下げた。

「あなたのお身体が心配です」

その目はタマラと同じように私を心から気づかってくれているように見えた。

(あぁ、そうか。アルトも昨日のことを聞いているのだわ)

アルトは護衛騎士の副隊長なんだから、昨日の報告を受けていて当たり前だ。それでも私が気にしないように、いつも通りにふるまってくれているのだろう。こんなに皆を心配させて、いつまでもふてくされているわけにはいかなかった。ちゃんといつもみたいに笑わなければと、口の端を持ち上げる。

「……ありがとう、アルト。そうね、お願いしようかしら」

ぎこちなく笑いかけると、ずっと身体をこわばらせていたジョナスとタマラが安心するようにホッと息を吐いた。それでもまだテオの顔は見られなくてそっと目を逸《そ》らすと、アルトが笑みを深くする。

「ユリア様、我々は皆あなたのことが好きですよ」

「え!!」

「ちゃんと眠れていないあなたのご様子に胸を痛めるくらいには、皆あなたのことを大切に思っています」

「え……あの……えっと、ありがとう……」

誰かに好きなんて言ってもらったのは初めてで、どんな顔をすればいいのかわからない。ただ顔だけが勝手に熱くなっていく。するとテオがアルトの肩を勢いよく摑《つか》んだ。

「おい、アルト」

テオの低い声が怒っているように聞こえて、ビクリと身体がこわばる。アルトは大きなため息をつき、肩に置かれたテオの腕を取った。

「君ねぇ……。ユリア様、ちょっと失礼しますね」

「え？　え？」

アルトがテオの腕を引いて部屋を出て行こうとする。

「おい、アルト！」

「いいから君は、ちょっとこっちにおいで」

抵抗するテオを強引に引っ張って、二人はそのまま部屋から出て行ってしまった。残された私とタマラが目を合わせて首を傾《かし》げる。ジョナスも一人だけ部屋に残されて居心地が悪そうだ。

「えっと、今の、なに……？」

「さぁ？」

なにがなんだかよくわからないけれど、アルトのおかげで肩に入っていた力が少しだけ抜けた。

「……私、誰かに好きって言ってもらったの初めてだわ」

「えっ!!」

タマラが大きな声をあげる。

「そんなにおかしいかしら？　だって、私はあなたたちとしかまともに喋ったことないもの」

「いや、それは、でも」

タマラは何かをつぶやきながら複雑な顔をしていたけれど、すぐにまた私の手を強く握った。

「ユリア様！　私はユリア様に助けていただいた時からずっとずっとユリア様のことが大好きですから!!」

「まぁ！　タマラ……うれしい……ありがとう」

「あたりまえと思ってきちんと言葉に出したことはありませんでしたが、ユリア様がいなければ私はここにはおりません。私にとって一番大切なお方です」

必死に伝えてくれるタマラの気持ちが嬉しくて自然と頬が緩む。そしてタマラは立ち上がり、キッとジョナスをにらみつけた。

「ジョナス様もそうですよね！」

「え!? は、はい。もちろん！　オレもユリア様のことが……す、好き、ですよ」

いきなりタマラに問い詰められたジョナスは顔を真っ赤にさせる。

「あの、一番付き合いは短いですが、ユリア様の立派でお優しいところを尊敬しています。それに……とてもかわいらしい方だと……いや、あの、これはその……」

真っ赤になりながら口をもごもごさせているジョナスの様子がおかしくて、気づいたら笑いが漏れていた。

「もう、タマラ。無理に言わせるものじゃないわ」

「無理にじゃないですよ。ねぇ、ジョナス様」

ジョナスはまだ真っ赤な顔をしたままこくこくうなずいている。

「アルト様も……テオドロス隊長も、みんなそう思っています」

「……うん。ありがとう、タマラ。ふふ、アルトにも感謝しなくちゃね」

この世にひとりぼっちになったようで辛くてさびしかった気持ちが、皆のおかげでふわりと軽くなる。

(聖女だからってだけじゃないって、思ってもいいのかな)

テオには嫌われていても、タマラもアルトもジョナスもこんなに優しいではないか。

(それにテオだって、私を嫌っていてもちゃんと仕事はしてくれているもの。テオにこれ以上を望むのはわがままだわ……)

いつも不機嫌な顔で意地悪なことばかり言うテオ。昨日は本気で怒っていた。思い返すだけで胸がギュッと痛くなる。

(そうよ。あんなにいつも不機嫌で意地悪な人に嫌われたって、全然平気……)

あとで二人が戻ってきたらちゃんといつも通りにしようと思いつつ、ひとつだけ気にかかっていたことをジョナスに尋ねる。

「ねぇ、ジョナス……」

「なんですか?」

「隊長は……その……結婚……を考えている人がいたりするのかしら?」

「えーと、それはユリア様ではなく、ですか?」

「……隊長は私と結婚するつもりはないって言っていたから、もしかして他にそういう人がいるのかと思ったの」

ジョナスは急な私の質問に目を丸くしながら考え込む。テオは私のために婚約をしたと言っていたけれど、もしそのために誰かを待たせているのだとしたら申し訳ない。

（もしそうなら、やっぱりどうにかして婚約を破棄しないと）

婚約破棄をしたら、テオではない誰かと結婚させられるのだろうか。それでもこれ以上テオに迷惑をかけたくなかった。

「うーん、オレは聞いたことありませんね」

「でも女性には優しいのでしょう？」

「特に親しくしている人がいるとは聞いたことはありませんが……。あぁ、副隊長なら知っているかもしれません。聞いてみますか？」

そう言いながら二人が出て行った方を指差すので、あわてて立ち上がりジョナスの手を取った。

「やめて！　いいわ。あの、お願いだから今のは忘れて」

アルトに聞いたら、きっとテオにも伝わってしまう。ジョナスの手を握って上目遣いに頼み込んでいると、話を終えたらしいテオとアルトが戻ってきた。テオが私とジョナスを見て、怖い顔をして足早に近づいてくる。

「おまえ……何を！」

「きゃっ！」

テオのあまりの剣幕にジョナスの後ろへ隠れると、ジョナスがヒッと小さく悲鳴を上げた。アルトがテオをぐいと引っ張って、自分の後ろに下がらせる。

「こらテオ。やめなさい。少し頭を冷やせ、とたったいま君に言ったばかりだろう」

「アルト、だが」

「はいはい、君は少し黙ってて」

まだ何か言いたそうにするテオをアルトが押さえつける。

「ユリア様。今ちょっとテオとも話をしたんですが、テオにはしばらくユリア様の護衛を外れて、魔獣討伐に力を入れてもらうことになりました」

「え！　魔獣……」

テオと二人きりになるのは確かに気まずいけれど、だからって危ないことをして欲しいわけじゃない。テオの騎士服が血の色に染まった姿が頭に浮かんで不安が胸で大きくなる。しかし魔獣を放っておくわけにもいかないのだ。

「ただ、ジョナスにも魔獣討伐の経験を積ませないといけないので、今度の魔獣討伐にはテオとジョナスが行きます。よろしいですか？」

「……私が口を出せることじゃないわ」

「では、そういうことで」

アルトが優雅にほほえむ横で、テオは相変わらず不機嫌そうにしながら、眉間に深いシワを刻んでいた。

幕間一　とっても、かわいらしい人　～ジョナスの憧れ～

オレはジョナス・クライフ十九歳。

由緒正しい伯爵家の四男で、少し前に慈愛の聖女ユリア様の護衛騎士になったばかりだ。護衛騎士に選ばれるための条件は、身体能力の高さはもちろん、頭脳、家柄、血筋、王家への忠誠心など色々と挙げられるが、一番は「野心を抱かないこと」なのかもしれない。ソファでうずくまって眠るユリア様をながめながら、オレはそんなことを考えていた。

時は少しさかのぼる。オレたちはエードラム王国の北に位置するとある領地にやって来ていた。魔獣討伐のための遠征にユリア様の護衛としてついてきたのだが、護衛騎士であるオレたちの役目はそれだけではない。魔獣討伐の指導も務めの内で、オレはアルト副隊長の指示のもと、北の地の騎士団と共に魔獣討伐に向かう予定だった。しかし大型の魔獣が現れたらしいとの報告を受ける。まだ経験の浅いオレでは大型の魔獣を倒すのは難しいと判断され、代わりにテオドロス隊長が討伐に向かうことになった。

領主のバカ息子がユリア様に絡むというとんでもない騒ぎを起こしたせいもあり、ユリア様は相当お疲れのようで、テオドロス隊長を見送ったあとソファで横になるとすぐに眠ってしまった。

（こんなに不安そうにして……）

ユリア様はソファの上で小柄な身体《からだ》をさらに小さくギュッと丸めて、眉間には深いシワを刻んでいる。今にも泣きだしそうな悲痛な表情を浮かべており、聖女の力を分け与えている時の偉大な聖女の面影なんて全然ない。

（これじゃあ、ただのか弱い女性だ。いや、ただの、じゃないな。立派で、心優しくて……それに、とてもかわいらしい）

初めてユリア様にお会いした時、オレはそのあまりの美しさにどぎまぎして挨拶をするだけで精一杯だった。ユリア様の母親はその美貌から外国の王族に見初《みそ》められ、側室にと望まれ海を渡ったと聞くが、ユリア様のお姿を見ればそれも納得できる。普段はヴェールで顔を隠しているからこの程度ですんでいるが、もし素顔をさらしていたら、ユリア様の美しい顔を一目見ようと人々が殺到したことだろう。

「ジョナス。君ね、そんなに女性の寝顔を見るものじゃないよ」

「あ！　はい、すみません!!」

寝顔をながめているところをアルト副隊長に咎《とが》められ、あわてて目を逸《そ》らす。

ユリア様はオレよりふたつ年上だと聞いていたけれど、どこか幼さの残る人だった。あまり外の世界を知らぬまま、ずっと水晶宮《すいしょうきゅう》の中で過ごされてきたからなのだろう。つい先日も、王都で若い女性に人気だという流行《はや》りのお菓子を差し上げたら、珍しそうに見つつとても無邪気に喜んでくれた。

（ユリア様の笑顔を見るためなら、オレはなんでもできる）

そう決めているのに、もしオレが不甲斐《ふがい》ないせいで不安にさせているならば、申し訳ない気持ちでいっぱいだ。

「あの、ユリア様は隊長がいなくなると途端に不安そうな顔になりますね。やっぱりオレたちじゃ頼りにならないんでしょうか」

しかしアルト副隊長はそんなオレの考えを鼻で笑った。

「それはそうですが……」

「頼りにならないのは君だけだよ。一緒にしないでくれるかい」

「それにユリア様が不安なのは、別に僕たちが頼りにならないからじゃない」

「それってどういう意味ですか？」

「そのうち君にもわかるよ」

アルト副隊長は細く整えられた眉を片方あげて意味深に笑う。さすがあまたの女性と浮名を流しているだけあって、こういう仕草がとても様になる人だ。

「それにしても隊長はユリア様に冷たすぎますよ。この顔を見てないから、あんなに冷たくできるんだ。もっと優しくしてあげればいいのに。少し意地っ張りなところもあるけど、すごくかわいらしい人ですよね」

あまりジロジロ見てはいけないと思いながらも、つい寝顔をながめてしまう。うっとりと見惚《みと》れている横でアルト副隊長が呆《あき》れた声を出した。

「ジョナス。君は思ったよりも阿呆《あほう》なんだな」

「あ、アホって……！　なんでですか!!」

思わず大きな声を出してしまってから、アルト副隊長がユリア様にちらりと目をやって静かにしろと口に指をあてる。オレはあわてて口を押さえてうなずいた。

「テオがなんでわざわざユリア様のそばから離れてまで、魔獣討伐に行っていると思っているんだ」

「え？　魔獣討伐も護衛騎士の務めだからですよね。他にあるんですか？」

ユリア様を起こさないように小声で話すアルト副隊長に、顔を寄せてつぶやく。

「君さ、本当に魔獣について勉強したのかい？　それに忠告しておくけど、自分の身がかわいかったらテオの前でさっきのことを口に出して言わない方がいいよ」

「さっきの、ってどれですか」

アルト副隊長はやれやれというように、両手をあげて首を傾《かし》げる。アルト副隊長の言うことはよくわからないことばかりだった。

◆◆◆

しばらくして魔獣討伐から戻って来たテオドロス隊長は、大型の魔獣が相手だというのに少しの返り血も浴びなかったようで真っ白なままの騎士服をたなびかせていた。

（さすが隊長だ。早くこの人に追いつきたいな）

実はオレはテオドロス隊長に憧れていて、聖女の護衛騎士の話が来た時にすぐに飛びついたのはそのせいもある。テオドロス隊長は戻ってきたばかりだというのに、このまますぐに北の地を離れて出発すると言いだした。

「あの領主の馬鹿息子がユリア様になにをするかわからないからな。アレを止めない領主も信用できない。別の宿を手配したから、こんな所には長居せずさっさと離れるぞ」

「でも隊長はまだ戻ったばかりですよね。休まないで大丈夫ですか？」

「このくらい問題ない」

するとテオドロス隊長の背後からにゅっと腕が伸びてきて、アルト副隊長が笑いながら肩を叩《たた》く。この二人は学生時代からのつきあいらしく、とても仲が良かった。

「その領主の息子のど阿呆はさ、魔獣討伐中のどさくさに紛れて二、三発殴ってやれば良かったんじゃないか？」

「残念ながら、馬鹿息子は後方支援だった」

テオドロス隊長が吐き捨てるようにつぶやく。残念ながらということは、前線にいたら殴っていたのだろうか。ユリア様に少し冷たいところはあるが、職務に忠実な人だからやりかねない。

「あともうひとつ。帰り道で寄りたいところがある」

今回の遠征の帰り道の途中で、ユリア様の気分転換のために馬に乗せるという話があった。そこにひとつ加えたいことがあるという。

「なんですか？」

「ユリア様は温泉に入りたいらしい」

「え！　温泉……って、そんな……」

思わず温泉に浸《つ》かっているユリア様の姿を想像してしまい、一気に頬が熱くなる。そんなオレをながめながらアルト副隊長がニヤニヤと笑った。

「ジョナス、君はいったい何を想像しているんだい？」

「副隊長！　いや、あの、オレは」

「ジョナス。いま想像したものをすぐに頭から消せ。さもなければ、その首から上だけここに置いていくぞ」

テオドロス隊長が聞いたことのないような恐ろしい声を出した。さらに腰の剣に手を添えて、全身から殺気を放っている。

「は、はい!!」

「二度と変なことを考えるな。少し足を浸からせるだけだ」

「はぁ、足……足を少し、ですか……」

きっとユリア様はおみ足まで美しいのだろうな……と考えて、さらなる殺気を感じて背筋が震える。オレはこれ以上不埒《ふらち》なことを考えないように、よこしまな想像を必死で頭から追い出した。

それにしても馬に乗るなんて普通の令嬢なら嫌がるかもしれないが、ユリア様ならきっと喜んでくれるだろう。その様子を想像するだけで自然と頬が緩む。

「俺の馬のジーンは少し気難しいところがあるのが心配だが、まぁ俺がしっかり手綱《たづな》を取っていればユリア様に危ないことはないだろう」

「あ、それならオレの馬に乗せましょうか？」

「は？」

「あ、いや、オレの馬は人懐こいですし、それに隊長はお疲れでしょうから」

テオドロス隊長は大型魔獣討伐の後だ。いくら本人が大丈夫と言っていても、慣れない二人乗りは体力をよけいに消耗するだろう。

(それにユリア様の喜ぶ様子を、一番近くで見られるからな)

しかしテオドロス隊長はそんなオレの下心に気づいているのか、視線だけで射殺せそうな勢いでにらんでくる。

「おまえではまだ無理だ。なにかあったら一人でユリア様を護《まも》りぬけるのか？」

「それはもちろん」

ユリア様の護衛騎士になるため、厳しい選抜試験に合格してきたのだ。そこらの奴に負ける気はしない。

「その敵が俺より強くてもか？」

「っ！　それは……」

「俺より強くなければ、ユリア様は任せられない。馬鹿なことを言ってないでさっさと出発の準備をしろ」

テオドロス隊長は話を切り上げると、領主にこれからすぐに出発することを告げるため行ってしまった。何度も殺気を向けられたオレは、背中にびっしょりと嫌な汗をかいていた。アルト副隊長はそんなオレをながめて楽しそうに笑っている。

「ハァ……隊長より強いって、そんな人は王宮騎士団全部を探したっていませんよ」

「君、けっこう命知らずだね」

「なんでですか？」

「いやぁ、面白くなってきたなぁ」

アルト副隊長の言うことは相変わらずよくわからない。しかしこんなふうに人をからかってばかりだが腕は確かで、テオドロス隊長と並ぶ実力の持ち主だ。きっとアルト副隊長ならユリア様を馬に乗せることも認めてもらえるのだろう。オレはユリア様にもテオドロス隊長にも早く認めてもらえるようにと、改めて気持ちを引き締めたのだった。


そんな決意をした矢先、オレはユリア様をユーリと呼ぼうとしてまたテオドロス隊長の鋭い目で牽制《けんせい》される。ユリア様とテオドロス隊長は兄妹《きょうだい》のように育ったらしいが、少し兄としては過保護すぎないだろうか。オレには兄しかいないのでわからないが、きっと妹というのはそれだけ特別なのだろう。

（ユリア様に対する態度は冷たいけれど、これもテオドロス隊長なりの優しさなのか？）

ユリア様とテオドロス隊長を背に乗せたジーンを追いかけながら、オレはアルト副隊長に不満を述べる。

「兄妹にしてはあの二人、少し距離が近くないですか？」

「そうだね。アレで本人が無自覚だからタチが悪いよね」

アルト副隊長が馬上で呆れたようにため息をついていたが、やっぱり言っていることはよくわからなかった。

◆◆◆

ユリア様と隊長が婚約した。

時が来たらいずれそうなると聞いてはいたけれど、まだもう少し先のことだと思っていたので驚いてしまう。それだけ状況は悪いということだろうか。

（いよいよ魔竜が現れるのか？）

その数日後、まるで状況の変化を裏付けるように、変わった形の魔獣が現れたという報告が上がった。すぐにテオドロス隊長とアルト副隊長が調査も兼ねて討伐に向かう。しかしテオドロス隊長がいないせいか、ユリア様の顔色が日に日に悪くなっていった。

（オレが頼りないばっかりに……）

そんな情けない想《おも》いを抱えながら数日を過ごし、ようやく討伐を終えたテオドロス隊長がもどってきた。これでユリア様も安心できるだろうと思った矢先、二人の言い争う声が聞こえてくる。タマラと共にユリア様の寝室にかけつけると、テオドロス隊長はオレへ中を見るなと命じ、タマラに後を任せて隊長自身は水晶宮から出て行った。

次の日の朝になり、休みのはずのテオドロス隊長とアルト副隊長がわざわざ水晶宮に顔を出した。どうやらアルト副隊長も昨日の騒動について聞いたようで、心配してユリア様の様子を見に来たらしい。案の定テオドロス隊長とユリア様の間には気まずい空気が流れたが、アルト副隊長がなんとかうまくその場を収めてくれたのだった。

◆◆◆

テオドロス隊長がユリア様の護衛から外れしばらく魔獣討伐に専念することになり、仕事の引き継ぎや打ち合わせを行う。

「ユリア様の護衛は隊長がいなくても大丈夫ですか？」

「あぁ。水晶宮にいれば問題ないよ。今はお互い離れて少し頭を冷やした方がいいだろうね」

テオドロス隊長はまだ納得していないのか、腕を組んだままいつもより眉間に深いシワを刻んで恐ろしい形相《ぎようそう》をしている。

「それにおそらくだけど、ユリア様の護衛騎士の仕事はもうすぐ必要なくなる」

「つ！　ということはとうとう魔竜が……!?」

テオドロス隊長とアルト副隊長がそろって神妙にうなずく。魔竜が現れるということは、テオドロス隊長が長年準備してきた計画がいよいよ実行されるのだ。その結果によっては、ユリア様はもちろんオレたち護衛騎士三人の将来も大きく変わることになるだろう。ゴクリと唾を飲み込み気合いを入れ直していると、はぁ、とため息が聞こえた。

「それにしてもユリア様をあんなになるまで落ち込ませて、君は何をやっているんだよ」

アルト副隊長が呆れた声で非難すると、テオドロス隊長が気まずそうに喉をグッと詰まらせる。

「……すべて終わったら説明する気だったんだ」

「どちらにせよユリア様の協力は必要になるんだ。あらかじめ説明しておいた方が良かったんじゃないか？」

「それは……！　知ったら、傷つくだろうと」

もごもごと歯切れ悪くつぶやきながら、目をさまよわせている。何事も即断即決なテオドロス隊長の珍しい姿に、オレは目を丸くする。

「それでよけいに傷つけけちゃ意味がないだろう？」

「俺だって傷つけたかったわけじゃ……!!」

「君の気持ちなんてどうだっていいよ」

アルト副隊長がひらひらと手を振って一蹴《いっしゅう》する。

「クソッ、調子のいいことばかり言いやがって」

「僕は女性の味方だからね」

「おまえのは、ただの女好きだろう！」

テオドロス隊長が殺気を放つが、アルト副隊長はまるで気にせず鼻で笑って挑発する。いつも冷静沈着なテオドロス隊長がどこかに行ってしまったようだ。

（昨日のユリア様との騒ぎのせいで、もしかして隊長も相当動揺しているのか？）

思い返せばテオドロス隊長が感情をあらわにするのは、いつもユリア様が絡んだ時だけだった。

「あのねぇ、君。僕が女好きだろうとなんだろうと、ユリア様に悲しい顔をさせている君よりはよっぽどマシだと思うよ」

なにも反論できないのか、テオドロス隊長は悔しそうに口を引き結んで押し黙る。

「僕はずっと君の味方をしてきたつもりだけどね。いくら君でも、女性を悲しませるヤツの味方はできないよ。僕は君を女性に恥をかかせるような男に育てたつもりはないんだけどね」

「俺だっておまえに育てられたつもりはない」

テオドロス隊長は喉の奥から声を絞りだしながら、悔しそうに歯嚙《はが》みしていた。

（この人は本当に隊長か⁉）

まるで子どものようなテオドロス隊長に目を白黒させていたら、アルト副隊長がオレに尋ねた。

「なぁ、ジョナス。ユリア様はさっき僕の言ったことを喜んでらしただろう？」

「え⁉　あ、はい。誰かに好きって言われたのは初めてだって、嬉《うれ》しそうにしていました」

するとアルト副隊長は、まるで変なものを飲み込んだかのように思いきり顔をしかめる。

「はぁ？　初めて言われたぁ？」

「は、はい。そうおっしゃっていました」

アルト副隊長が額に手を当てながら大きくため息をついた。

「君さぁ、ほんと何やってんの？」

「うるさい！　俺は……兄だぞ」

「兄ねぇ……。こんな兄がどこにいるんだか」

「おまえはもう黙れ！　魔獣討伐の打ち合わせをするぞ！　ジョナス、来い!!」

「はい！」

アルト副隊長をその場に残して、オレはテオドロス隊長と次の遠征の打ち合わせをすることになった。肩を怒《いか》らせて歩くテオドロス隊長の後ろに続きながら、オレはつい先日のことを思い出す。

（そういえば、オレがユリア様のことをかわいいと思っていることを漏らしたら、その後の訓練で隊長に死ぬほど扱《しご》かれたな。もしかして隊長って……）

テオドロス隊長の背中をながめながら、オレは気づいてしまったかもしれない秘密をそっと胸の奥にしまうのだった。

四章　テオの覚悟

テオがジョナスを連れて魔獣討伐のため東の地へと向かった。これまで東の地で魔獣が出たなんて聞いたことがなかったので、ひどく不安な気持ちになる。窓から東の方の空をながめると、まるで私の心を映すようにどんよりと曇っていた。

「……それで、その枕で寝ると見たい夢を見ることができるんですよ」

「ほんとですか？　それじゃあアルト様は、いったいどんな夢を見たんですか？」

「僕は、美女に囲まれる夢ですね」

「まぁ……！」

部屋の中ではアルトとタマラが楽しげに笑っている。私の視線に気づいたアルトが柔らかくほほえんだ。

「テオが心配ですか？」

「ええ、そうね。テオと……それにジョナスも」

今はもう恐ろしい魔竜のことを知ってしまったので、たとえ口先だけでも心配していないなんて言えなかった。ここ数日、得体の知れない不安が胸の中でずっと渦巻いている。それなのに、テオとはろくに会話もしないまま離れ離れになってしまった。

（私から謝れば良かったの？　でも、なんて……？）

私は今だって自分が間違っていないと思っている。私の我慢と多くの人の命を比べる方がおかしな話だろう。

（そりゃあ、大嫌いとか顔も見たくないとかは、少し……少しだけ、言いすぎたかもしれないけど）

聖女と英雄、そして魔竜の真実を知って、あの時は私もだいぶ冷静じゃなかった。

（それに、あんなふうに無理矢理抱いてもらおうとしたのも良くなかったわ）

ただあの時は、一刻も早くテオと婚約破棄をしないといけないと思っていた。テオが東の地へと出発したあとでこっそりアルトに尋ねたら、テオには将来を誓い合うような女性はいないという話だったけれど。

（そりゃあ聖女だからって、交わる相手を勝手に決められるなんて馬鹿げているわ。でも、他に方法はないんだから仕方ないじゃない。それにテオが相手なら私は別に……）

テオと裸になって抱き合っている姿を想像して、一気に顔に熱がたまる。変な想像をふり払うように、私はあわてて頭《かぶり》を振った。

（そんなことより英雄になる気がないなんて、テオはどうするつもりなのかしら？）

テオはいまだ私との婚約破棄をする様子を見せず、なにを考えているのかさっぱりわからなかった。

（このままじゃ、テオは魔竜に殺されてしまうかもしれない。それに魔竜が暴れだしたら、他のみんなも無事じゃいられないわ、きっと）

そもそも聖女の私は魔獣に襲われないのに、こんなところでじっと待っているだけでいいのだろうか。

「……ねぇ、アルト。やっぱり私も遠征について行った方が良かったんじゃないかしら？」

「小型の魔獣だと報告を受けているので、ユリア様の力がなくても大丈夫ですよ」

「でも聖女は魔獣に襲われないのでしょう？　私が前に出れば、誰も傷つかないですむんじゃないかしら」

「ユリア様！　なんてことを……」

タマラが悲鳴のような叫び声を上げた。

「そもそも聖女は魔獣に襲われないというだけで、他の獣には襲われます。それに、北の地の領主の阿呆《あほ》息子のような人間に襲われることだってありえます。そんな所に気軽にあなたを連れ出せませんよ」

「でも、誰も傷ついたり呪われたりしないならその方が……」

食い下がる私を見ながら、アルトが困ったように眉を下げる。

「聖女が魔獣に襲われないと知ったらあなたが無茶をしそうだったから、我々はあなたにこのことを教えなかったんです。知らせないままの方が良かったと思わせるようなことは、言わないでください。我々はあなたに無茶をさせたくないんです」

「無茶だなんて……そんな……」

そういえば、似たようなことをテオも言っていたような気がする。

「それとユリア様。あなたがどこでそのことを知ったのか、そろそろ僕に教えていただけませんか？」

「それは……」

私が聖女の真実について知ったことはアルトやタマラも気づいていて、どうやって知ったのかと何度も尋ねられている。それでも礼拝堂の地下通路のことやヘルドリーテの日記のことを教える気にはなれなかった。アルトはそれ以上問い詰めてくることはせず、優しくほほえんだ。

「もし僕に教えてもいいと思ったら、その時はお話しください」

「もっと厳しく聞かなくてもいいの？」

「今はあなたからの信頼を得る方が大事です。ただ、もし何か誤った認識をしていることがあると困るので、それを確認したいだけですよ」

「アルト……」

テオと言い争ってから、元々優しかったアルトはさらに優しくなって、私が勝手にしたことだって責めるようなことを一切言わない。アルトならテオがなにを考えているかわかるのだろうか。いっそ尋ねてみようと口を開きかけた瞬間、ざわりと全身が総毛立《そうけだ》つ。

「……っ!!」

「ユリア様？」

アルトの声がどこか遠くから聞こえてくるが、ガタガタと身体《からだ》の震えが止まらない。

(なにか……なにかが、いる！)

バッと顔を上げて飛びつくように窓に近づき、外を確認する。窓枠をつかんでいてもなおふらつく私の身体をタマラがすかさず後ろから支えてくれた。

「ユリア様、顔色が真っ青です。横になりますか？」

「いいえ！　きっと、テオに……隊長たちになにかあったんだわ」

「なにを感じましたか？」

すぐ横に立って同じように外を見るアルトは、いつもの笑顔を消して厳しい顔をしている。

「東……いいえ、北の方になにか恐ろしい気配が生まれたのを感じる」

「魔獣ですか？」

「いいえ、わからないわ。わからないけど……でも、こんなの初めて」

窓から北の方を見ても変わったものは何も見えない。ただ北のあたりに魔獣の気配がすごい勢いで集まって、なにか大きなものが生まれようとしているのがわかる。とてつもなく暗く禍々《まがまが》しいなにかが。

(……大いなる災い)

遠い北の大地に集まる魔獣の気配は勢いを止めず、どんどん大きくなり続けている。私は恐ろしくて歯の根を鳴らしながら、ただ震える身体を抱きしめた。

「なにか王宮から報告が上がってきているかもしれません。門番に確かめてきます」

なにかあれば王宮からの伝令が水晶宮《すいしょうきゅう》の門番のところに来ることになっている。しかしアルトが確かめに行っても報告はなく、結局その日はなにもわからなかった。

恐怖で震えて眠れないまま一夜を過ごし、翌朝になり恐ろしい気配はますます大きくなっていた。テオやジョナスのことが心配でたまらないのに、ただ待つだけでなにもできないのがもどかしい。重苦しい空気のまま数日が過ぎ、予定通りならそろそろテオとジョナスが戻ってくる日のはずだ。北の地の恐ろしい気配は、いまや大型の魔獣の気配の何十倍にも膨れ上がっていた。突然、門の方が騒がしくなり、すぐに部屋のドアがノックされアルトが対応する。

「ユリア様、王宮からの伝令が来ているようなので話を聞いて来ます。僕が戻るまでこの部屋でお待ちください」

私とタマラを部屋に残しアルトが門へと向かった。

「テオドロス隊長たちになにかあったのでしょうか？」

「隊長たちが行ったのは東の地だから、大丈夫よ……きっと大丈夫だから……」

心を落ち着かせるために、必死で自分に言い聞かせる。それでもテオが魔獣の血を浴びていたらと思うと、恐ろしくてたまらなかった。ふと別の嫌な想像が浮かんで、背筋にゾクリと悪寒が走る。

（もし、また私に隠されたら……？）

テオやジョナスになにかがあっても、私には教えてもらえないかもしれない。

（私に心配かけたくないから、とか……。テオならやりかねないわ）

私がなにも知らない間に魔獣の呪いが進行したら、二人は助からないかもしれない。私は身体を支えてくれているタマラの手を取って両手で握りしめた。

「タマラ、お願い。協力して！　私、王宮に様子を見に行きたいの」

「なにを言ってるんですか！　ダメですよ！」

私はそのまま床に跪《ひざまず》いて、タマラの手を強く握りしめながら頭《こうべ》を垂れた。

「もしかしたらテオが戻ってきたのかもしれない。お願い、二人が心配なの」

「ユリア様、やめてください！　立ってください!!」

跪いたまま顔を上げると、タマラもすぐにしゃがんで私に目線を合わせてくる。

「ユリア様……こんな……やめてください……」

「私、テオにひどい態度を取ったままだわ。もしこのまま彼に会えなくなったら、どうしたらいいの……」

あんな、大嫌いだと、顔も見たくないと叫んで、謝ることもできないままそれが最期だなんて。

（嘘《うそ》。あんなの嘘よ。本当は、嫌いなんかじゃ……）

「お願い、タマラ。一目でも無事な姿を見られたら戻ってくるから」

タマラはひどく悩んだ様子を見せながらも、私に諦める様子がないので渋々うなずいてくれた。

「……わかりました。でも門番がいます。どうやって水晶宮から出るおつもりなのですか」

「それは……」

私は水晶宮を抜け出すために、このあとタマラにどうして欲しいのかを告げた。

◇◇◇

「ユリア様、お待たせしました。テオたちがもうすぐ戻ってくるようで……ユリア様!?」

部屋に戻ってきたアルトは、部屋の中に私がいないことに気づきあわてて部屋中を探しだした。

そして窓から外を見て、水晶宮の庭に私の姿を見つける。

「どうして、あんな所に！」

アルトは部屋から飛び出すと、すぐに庭へ向かって駆け出した。私は隣の部屋のドアを薄く開けて、アルトが庭へと向かったのを確認する。いま庭にいる私は聖女の服を着ているタマラで、礼拝堂から離れるように逆方向へ向かってもらっていた。タマラと服を交換して侍女の格好をした私は、その隙に礼拝堂へと急ぐ。礼拝堂に入った私は、アルトが追ってこられないように聖女の力を使って扉が開かないようにする。そしてすぐに床板を剝《は》がし、地下の隠し通路を通って王宮の書庫へと向かった。

真っ暗な地下通路を走りながら、ずっと胸騒ぎが治まらない。数日前から、身体の奥で何かとてつもなく恐ろしいものと繫《つな》がっている感覚があった。こんなものを放っておいてはいけない。

「魔竜……。テオ、ジョナス……無事でいて……」

床下から這《は》い出て部屋のドアに手をかけるが開かない。ドアの向こうに何か重い物でも置かれているのか、それともかんぬき錠でもかけられているのか。私はドアノブをガチャガチャ動かしながら周りに目をやった。部屋の奥に小さなあかり取りの窓がある。窓に走りよってよくよく見てみると、こちらは開けられそうだ。建て付けの悪い窓を叩《たた》きながらなんとか半分だけこじ開ける。私は小さな窓に無理矢理身体を押し込んで外に這い出した。

書庫から外に出た私はテオとジョナスを探した。目立つ銀の髪を隠すため頭には大きなスカーフを巻いており、侍女の格好とスカーフはチグハグであやしまれてしまうかもしれない。

(せめて、テオたちが見つかるまで、誰にも気づかれないで……!!)

王宮の中を一人で歩くのは初めてだったけれど、これまでの記憶を辿《たど》ってテオたちがいそうな場所へと向かう。すると人々の騒ぐ声が聞こえてきて、私は声がする方へと走った。全力で走るなんて本当に久しぶりで、あっという間に息があがってしまう。それでも必死に足を動かす。

(テオ……テオ……！　どこ？　どこにいるの!?)

すると人だかりがあり、その真ん中に大きな板が見える。板の上には全身を魔獣の血で染められた男の人が乗せられていた。全身が魔獣の血で染まっていても見間違えるはずがない。赤いあれは、あの髪は――。

「ジョナス!!」

私は大声を上げてジョナスに駆け寄った。白い騎士服を魔獣の血で真っ赤に染めたジョナスは苦しいのかひどく顔を歪《ゆが》ませている。周りを囲む人々は魔獣の血に触れて呪われないように、遠巻きにして見ていた。私は人々の隙間をかき分けると、板の上に寝かされているジョナスにしがみついた。

全身に魔獣の血を浴びているジョナスは、多少洗い流した形跡はあるものの、その髪にまで赤い魔獣の血がこびりついている。

「ジョナス！　ジョナス！　しっかりして!!　いま助けるから」

「おい、おまえ！　呪われるぞ！　離れろ!!」

ジョナスにすがりつく私を周りの人が引き剝がそうとするけれど、すでに私の身体には魔獣の血がべったりと付いてしまっていて、呪いを恐れて誰も触れられなくなっていた。私は血まみれのジョナスの手を取り頬に当ててほろほろと涙を流す。私の涙が触れるたびジョナスの身体がきらきらと光をまとうけれど、すぐに光は消えてしまった。浴びた魔獣の血の量が多すぎて、呪いの力に負けてしまっている。

（ダメ。これじゃ足りない）

このまま放っておけば呪いが身体の奥までしみ込んで、次第に身体が腐り落ちて死んでしまうだろう。

（そんなことさせない！）

「おい、おまえ！　なにをしている!!」

周りにいた男の一人が魔獣の血に触れないように私の頭をつかみ、頭に巻いていたスカーフがハラリと落ちた。スカーフの下から落ちた銀の髪がふわりと広がり、さらにあらわになった私の額では聖女の証《あかし》が浮かんで光を放つ。

「額に光る……印が……？」

周りがざわざわと騒ぎだす中、私は構わずジョナスの呪いを浄化するため涙を流しつづけた。

「ジョナス……お願い……目を覚まして……」

やがて私の聖女の力が呪いの力を上回ったようで、ジョナスの身体がきらきらと聖女の光をまとい始めた。

「ん……」

それまでピクリとも動かなかったジョナスが、板の上で身じろぎをする。先ほどまでの苦しそうな表情から、ほんの少しだけ穏やかな顔になった。

「ジョナス……良かった……」

ジョナスの呪いを浄化するのに夢中で気づかなかったが、私の身体も額の証からあふれた光をまといきらきらと輝いている。周りの人々の騒ぎがいっそう大きくなった。

「この光は……まさか、聖女か？」

「あれが慈愛の聖女……」

「女神ミラと同じ銀の髪に紫の目だ。なんて神々《こうごう》しいお姿なんだ」

魔獣の呪いを恐れて遠巻きにしていた人々が、気づけばすぐそこまで近づいて私を取り囲んでいる。

「あの、私、えっと……」

聖女らしくふるまわねばと思うのに、こんな近くでたくさんの人に囲まれたのは初めてでどうすればいいのかわからない。しかもここにいるのはどうやら騎士の人たちらしく、周りすべてが大柄な男の人ばかりで迫力があった。さらに聖女の噂《うわさ》を聞いた人たちまで集まって来て、魔獣の血に触れて呪われてしまったらしき人たちが次々と声を上げる。

「聖女様！　助けてくれ!!」

「まだ死にたくない」

「俺だって!!」

呪いを浄化してもらおうと近づいてくる人と、呪いがうつるのを恐れる人とが混ざり合ってその場が一気に騒然となった。あちらこちらで怒鳴り声が上がり、私に向かって無数の手が向けられる。男の人たちの本気の怒鳴り声が恐ろしく、私は足がすくんでその場で動けなくなってしまった。

「ひっ！　ま、待って……あの、一人ずつ……」

私の声は人々の声にかき消されてしまう。目の前でくり広げられる騒動がとんでもなく恐ろしくて私はただ震えていた。

(どうしたらいいの？　怖い……誰か、誰か……助けて……)

恐ろしさのあまり涙がにじんでしまい、さらに光を増した証を見て周りの騒ぎが一段と大きくなる。すると人垣の向こうから、聞き慣れた声がした。

「ユーリ！　あなたがなんでここにいる!!」

「テオ!!」

テオがこちらに向かってすごい速さで走ってくる。助けを求めてテオに向かい手を伸ばしたら、伸びてきた見知らぬ誰かの手が私の腕をつかんだ。

「きゃあっ!!」

「やめろ！　誰もその人に触れるな!!」

テオは群がる人々をかき分けて私を胸の中に引き寄せると、私の手をつかんでいた男の身体を思い切り蹴り飛ばした。男の身体が勢いよく後ろに飛んでいき、人だかりに空間ができる。そのままテオは近づいてくる男たちを容赦なく蹴り飛ばして、目の前に道を作っていった。そして私を抱え上げると、水晶宮の方へと走りだした。

「テオ！　あなたは無事だったの!?」

「ええ。それよりしっかりつかまっていてください」

私はふり落とされないように必死でテオの首にしがみついた。

「ユリア様!!　テオ!!」

声のする方を見れば、水晶宮の方角からアルトが駆けてくる。

「アルト！　ここは任せた！」

すれ違いざまにアルトに目配せをして、テオはそのまま私を水晶宮まで運んだのだった。

◇◇◇

追いかけてくる人々をふり払い、なんとか水晶宮の中まで戻ってくることができた。

「テオ……あ、隊長、ありがとう」

しかしテオは私を抱きかかえたまま下ろそうとしない。

「お部屋まで運びます」

「そんな、歩けるから大丈夫よ」

私の声を無視して、テオはそのまま私を部屋まで運んだ。そしてテオは私をソファの上にゆっくりと下ろし、どこにも怪我《けが》がないかを確認してから、はぁと息を吐いた。

「ここまで来ればひとまず安心です」

疲れた顔をしており、眉間のシワもくっきりと深く刻まれている。ジョナスがあんなふうに呪われてしまうほど大変だった魔獣討伐のあとなのに、よけいな迷惑をかけてしまった。うなだれる私の頭の上から硬い声が降ってくる。

「なぜあんな所にいたんですか」

声色は淡々としているけれど、怒りを抑え込んでいるのがわかる。

「ごめんなさい……。私……あなたたちが、し、心配で……」

「あなたに何かあったらどうするんですか。あなたはここで大人しく俺たちを待っていれば良かったんだ」

「だ、だって……」

胸の前で組んだ手はまだカタカタと小さく震えている。テオはまたひとつため息をついてから私の前に跪き、震える手を優しく握りしめた。

「あなたが無事で良かった」

「……ごめんなさい」

「いえ」

私の手を包むテオの手からあたたかい熱が伝わってくる。しばらくそのままでいると、ようやく身体の震えがおさまってきた。

「ジョナスの呪いを浄化してくださったのですか？」

「ええ。ジョナスは大丈夫だったかしら……」

「聖水で応急処置もしていたので、おそらく大丈夫です。ありがとうございました」

テオが私の頭をポンと叩いて立ち上がった。

「お疲れでしょうから、お茶を淹《い》れさせましょう。タマラ……は、いないのか？」

部屋や周りにもタマラの姿は見えず、テオは他の侍女を呼んでお茶を淹れるよう頼む。しばらくするとアルトも水晶宮にもどってきた。

「アルト……！」

「あの場の騒ぎを治めて、ジョナスも医者に預けてきました。呪い以外に大きな怪我はないようです。その呪いもユリア様に浄化していただいたので、ジョナスはもう大丈夫ですよ」

「……良かった」

ホッとしてから、先ほど救いを求めてきた多くの手を思い出す。ジョナスほどではなくても、彼らも呪われているようだったが大丈夫なのだろうか。

「あ、あの、他の人たちは大丈夫だったの？　逃げてきてしまったけど、今からでも私が呪いを浄化した方がいいんじゃないかしら」

「あなたは……っ!!」

「ひっ!」

私の言葉を遮るようにテオが大声をあげて、さっきの男の人たちの怒鳴り声を思い出した私は恐ろしくてビクリと肩をすくめる。アルトがテオの肩をぐいとつかんだ。

「テオ! 落ち着け。ユリア様はたったいま、恐ろしい目にあったばかりだぞ」

「っ! ……怖がらせて申し訳ありません」

アルトになだめられたテオは私の怯《おび》える姿を見てすぐに反省をし、目を伏せて謝ってくれた。

「ジョナスが皆をかばって呪いを一身に受けたので、他の者たちの呪いは軽くすみました。彼らの傷のほとんどは魔獣と戦った際についたものなので、呪いと違ってちゃんと治療をすれば治ります。だからあなたが気にやむ必要はありません」

「……でも」

「聖女だからって、あなたが一人でなんでもできると思わないでください」

「ご、ごめんなさい……」

静かに抑えられた口調からはテオがまだ怒っているのが伝わってくる。たいしたこともできないのに、あんな混乱を招いてしまったのだから怒られても仕方ない。申し訳なくてうつむいていると、小さなため息と共にテオの低く沈んだ声が聞こえた。

「俺は、あなたを責めているわけじゃありません」

「え？」

「無茶をしないで欲しいと言っているんです。もう少し自分のことを大切にしてください！」

わずかに悔しさを滲《にじ》ませるような声に驚いて顔を上げれば、テオが辛そうに顔を歪めている。眉間にシワを寄せて、不機嫌そうに、でもその目は私を心から心配しているように見えた。

（怒っているんじゃないの……？）

どうしてテオがこんな顔をするのかわからず、困ってアルトに目だけで助けを求めると、アルトは仕方ないというふうに苦笑する。

「ユリア様、テオも僕もあなたのことを心配しているんです。あなたのことを大切に想《おも》っていると言ったでしょう？　な、テオ」

テオは不機嫌そうにしながらもアルトの言葉に小さくうなずく。

「隊長も私のことを心配してくれていたの？」

「もちろんです」

「それなら、心配かけてごめんなさい」

「だからそれを……っ！」

「え？」

「いえ、なんでもないです」

テオが少しムッとした様子で顔を逸《そ》らし、そのすぐ横でアルトが肩をすくめている。

「テオ、君は本当に言葉が足りなすぎるよ。ユリア様、テオはあなたは悪くないのだから謝らなくていいと言っているんですよ」

「え？　じゃあどうすれば……？」

「こういう時は『ありがとう』と」

アルトが私を見てふわりとほほえみ、その横でテオは不機嫌そうにしながらも黙ったままだ。

「あの、二人とも、助けてくれてありがとう」

「どういたしまして」

アルトがほほえみを深くし、テオはほんの少し眉間のシワを緩めたように見えた。

アルトの分のお茶を淹れてもらっていたら、アルトが昔の聖女のことを教えてくれた。

「今は魔獣討伐の前に聖女の力を分け与えるだけですが、昔は討伐後に聖女が呪いを浄化していたこともあったんですよ」

「なぜやめてしまったの？」

「それで心を病んでしまわれた方がいたからです」

「心を……」

「ええ。さっきのように呪われた者は、少しでも早く助かりたくて我先にと必死に迫ってきます。それで呪いを浄化しても、魔獣に襲われた時の外傷が原因で助からないことだってあります。そうなった時に聖女が気に病んでしまったり、遺《のこ》された者に聖女が恨まれたりしたんです」

「そんな……そんなことって」

呪いを浄化したのに恨まれてしまうなんて。

「そんなことが続いたので、それ以来、ごく限られた場合を除いて聖女に呪いを浄化させることは禁止されています」

「そうだったの」

「もしユリア様のお力が必要とあれば、我々の厳しい監視の下でお願いすることになります。だからあのように、人前で呪いを浄化するのはおやめください」

「わかったわ」

私はいたずらに混乱を招いてしまったことを改めて二人に謝った。するとテオが私に静かに尋ねる。

「それにしても、どうして水晶宮を抜け出してまでこんなことをしたんですか」

「それは……」

「怒らないので、どうか教えてください」

「あなたは私に嘘をつかないけれど、本当のことも教えてくれなかったから……だからもしあなたたちに何かあっても、私には教えてもらえないんじゃないかって思ったの」

私の答えを聞いてテオとアルトが小さく息をのむ。それからテオが片手で顔を覆い大きくため息をついた。

「我々があなたの信頼を裏切ったからですね」

違うわ、とつぶやきながら小さく首を横にふったけれど、テオは深く後悔するように目をつぶったままだ。気まずい沈黙の中、アルトが申し訳なさそうに口を開く。

「タマラはしばらく謹慎になりました。申し訳ありませんが当分の間、水晶宮《ここ》には来ません」

「そんな！　アルト、タマラは悪くないわ。私に逆らえなかっただけなの」

どうにかしてタマラを罰しないでくれと頼むが、アルトは厳しい顔で首を横にふる。

「あなたがもっと危ない目に遭ってもおかしくなかったのです。さすがにお咎《とが》めなしというわけにはいきません。それにしてもあんな所を通って抜け出していたんですね」

「……」

どうやらアルトは秘密の地下通路のことをタマラに聞き、そこを通って私の後を追ったらしい。聖女の力を使って開かないようにしていた礼拝堂の扉は、力任せに壊したのだとか。

「魔竜のことを知ったのも、王宮の禁書の棚からですか？」

「えぇ……」

「どの本を読んだのか教えていただけますか」

私はこれ以上黙っていても良くないだろうと思い、思い出せる限りの読んだ本のことをアルトに伝える。ただヘルドリーテの日記のことだけはどうしても言えなかった。きっと彼女はあれを誰にも読んでもらいたくなかっただろうから。聖女の私なら読めると教えて、内容を広めたくなかった。

「あの……それで、あなたたちには何があったの？」

東の地で起こったことと、いま北の地で起こっていること。わかる限りすべてを知りたかった。

「もう無茶はしないようにするから、私にも本当のことを教えて。お願い……」

テオは考え込むように眉間にシワを寄せてから、大きく息を吐いた。

「わかりました。お話しします。我々は東の地に着くと、最初は小型の魔獣の群れを倒していました。ただいつもより現れた数が多く苦戦していたら、いきなり魔獣が興奮をして咆哮《ほうこう》をあげながら共食いを始めました」

「共食い……」

調べた本に載っていた通りだ。

「他の魔獣を飲み込んだものは一回り身体が大きくなり、小型の魔獣の群れはあっという間に中型の魔獣の群れになりました。それでも共食いは止まらず、中型の魔獣はすぐに大型に変わりました」

「そんなことがあったのね」

「それだけではありません。大型の魔獣は背中のこぶを大きくさせ、羽に変えました」

「羽!?　魔獣が飛んだの？」

そういえば前にタマラが羽の生えた魔獣が現れたらしいと言っていた。

「はい。興奮した大型の魔獣がいきなり飛んで襲ってくるので、現場は大変混乱しました。そして一撃で仕留めきれないのをわかっていながらも、ジョナスは他の者たちを護るために剣をふるって魔獣を倒し、あのように頭から血をかぶってしまったのです」

「だからあんなに血まみれだったのね」

ジョナスが魔獣の血をかぶるさまを想像して、胸のあたりがギュッと苦しくなった。

（ジョナス……間に合って、助かって良かった……本当に……）

「生き残った魔獣は皆ある方向を目指して飛んでいきました」

「ある方向……北の地？」

「ええ、そうです。おそらく北の地に集まった魔獣も共食いを始め、生き残ったものが魔竜に変わるのでしょう」

「魔竜……」

今も感じる北の地にいる恐ろしい気配。あれが魔竜の気配なのだ。おそらく各地の魔獣が集まってきているのだろう。魔竜は今もなお蠢《うごめ》いて、その気配をますます大きくしている。

「これ以上大きくなる前にできるだけ早く魔竜を倒します。生まれたばかりの魔竜は動きも鈍《にぶ》いらしいので、早急に北に向かいます」

「それで……どうやって倒すの？」

テオは英雄になる気はないと言っていた。それなのに聖女の力を授けられることなく、どうやって魔竜を倒すというのか。

「英雄なんてならずに、俺が……このままの俺が魔竜を倒します」

テオは強い眼差《まなざ》しで私を見つめながら、きっぱりと言い切った。

◇◇◇

それからすぐに北の地から魔竜発見の報《しら》せが届いた。そして魔竜討伐の準備が整うやすぐに私たちは北の地へと向かった。ジョナスは魔獣の呪いを受けた影響がまだ残っているため留守番だ。北の地に向かう道すがら、私はテオの計画を教えてもらった。

「英雄の力なしで魔竜を倒すためには、まず魔竜の力をできるだけ削《そ》ぐ必要がありました。不思議なもので魔竜の誕生が近づくと聖女の力を持つ者が現れます。近い内に魔竜が現れることは予想されていたので、少しでも魔竜になる魔獣を減らすため、各地で魔獣の討伐を行ってきました。これで魔竜は通常より小さいものになったはずです。さらに生まれたばかりの魔竜はまだ動きが遅い。そこを狙います」

「本当にそれで魔竜を倒せるの？」

「そのために何年も準備してきました」

テオの赤褐色の目に強い光が宿る。魔獣討伐で各地に赴き指導してきたのも、すべてこの日のためと言った。

「聖女の力を借りずとも倒せるよう準備してきましたが、まだ無理そうです。討伐隊の皆のために、ユリア様の涙の力をお貸しください。申し訳ありませんが、ご協力お願いします」

テオは本当に悔しそうに頭を下げた。それでも不安な私は尋ねる。

「テオは……英雄になる気はないの？」

「ありません」

テオは強い決意を浮かべたままきっぱりと言い切った。

北の地に着いてからもテオは着々と準備を進めていった。テオとアルトは魔竜討伐のため特別に編制された騎士団を王宮から引き連れてきており、さらにこれまで各地で魔獣討伐の指導をしてきた騎士団の精鋭たちも続々と集まってくる。テオとアルトが魔竜討伐の準備で走り回る中、二人の邪魔をしないように、私は領主の館の部屋で大人しく閉じこもっていた。魔竜の恐ろしい気配は日に日に大きくなり、胸の中の不安も膨らんでいく。

いよいよ明日の朝、魔竜の討伐だ。本当に英雄の力がなくても倒せるのだろうか。不安な気持ちのまま部屋の窓から外をながめると、夕日が落ちて血のように真っ赤だった空が暗い闇に飲み込まれていく。連なる大きな山の影がまだ見ぬ魔竜の姿に重なって見えて、私はぶるりと身震いをした。

謹慎中のタマラはこの討伐にはついてきておらず、代わりについてきた侍女もすでにさがらせた。私はいま部屋に一人でいる。私は窓から離れ、部屋のドアをゆっくりと開けた。

「どこに向かわれるのですか？」

すかさず、部屋の外で待っていた護衛騎士が声をかけてくる。彼はマウリッツ殿下が特別に貸してくださった殿下の護衛騎士のひとりだ。忙しいテオとアルトに代わって、私の護衛をしてくれている。私の護衛ができなくなるからと、テオがわざわざマウリッツ殿下に頼んでくれたらしい。

「あの、隊長に、ちょっと言い忘れたことがあって……」

「お供します」

護衛騎士と連れ立ってテオがあてがわれた部屋まで向かい、ドアをノックするが返事がない。もう一度ノックしようとしたところ、隣の部屋のドアが開いてアルトが顔を出した。

「テオは明日の打ち合わせで領主のところに行っているのでいませんよ」

「アルト。あの、ごめんなさい。テオが……隊長が心配で、居ても立っても居られなくて……」

私になにかできるわけじゃないけれど、それでもなにかしていないと落ち着かなかった。アルトが苦笑を浮かべながら肩をすくめる。

「そんな格好で歩き回ったら、またテオに怒られますよ」

「あ……」

もうあとは寝るだけだったので、身に着けているのは薄手のナイトドレス一枚だった。すぐに部屋に戻ったアルトが毛布を手に出てきて、私の肩にかける。そして身を屈《かが》めて耳元でささやいた。

「戻ってきても、あいつはあなたを抱きませんよ」

「……」

そんなことわかっている。それでももしかしたら、気が変わって——ということがあるかもしれない。

(だって英雄の力さえあれば、魔竜は倒せるのに……)

黙ってうつむく私の肩にアルトがそっと手を置いた。

「部屋までお送りします」

アルトは護衛騎士に自分が部屋まで送ると伝えて、私の手を取った。私はアルトに手を引かれるまま、結局なにもできずに自分の部屋へと舞い戻るはめになった。

「長い歴史の中で、聖女にまつわるいくつもの辛く呪われた話があります」

「呪われた、だなんて」

「あなただって聖女と敬われていても、実際は水晶宮に監禁されて自由がない。テオはずっとそれをどうにかしたいと考えていたんです。そしてそのためには、聖女の力がなくても魔竜を倒せるようにする必要がある、と」

だから自分が助かるためにテオが聖女を利用することはないですよ――とアルトが伝えてくる。

「ユリア様がお考えになった通り、元々はテオが英雄になるはずでした。でもテオは英雄になるフリをしながら、ずっと英雄にならずに魔竜を倒すための準備をしてきたんです」

「そんなこと、本当にできるの？」

「今までそんなことをした人は一人もいないので、できるかどうかはわかりません。正直、できるかできないかは半々でしょう」

アルトの飾らない本音を聞き胸が苦しくなる。

「私とテオはもっと話をするべきだったんじゃないのかしら。私、テオがなにを考えているのか全然知らなかった」

「テオはあなたに対して嘘がつけないからって、どうにも言葉が足りなすぎます」

「このまま二度と話ができなくなったらどうしよう……」

涙がにじみそうになり、額に熱がたまる。泣くのを我慢すれば、あっという間に私の部屋の前まで着いてしまった。結局、私は何もできないままだ。

「送ってくれてありがとう。明日は早いから、アルトもゆっくり休んでね」

落ち込みながら部屋のドアノブに手をかけると、その手の上にアルトの手が重ねられた。

「アルト？」

なんの冗談かと顔を上げれば、アルトはいつもの笑顔を消して真剣な眼差しで私を見つめている。

「僕がテオを助けましょうか」

「え？」

「僕を英雄にすればいいんです」

私の手を握るアルトの手に力が込められる。

「もしユリア様が聖女の力のすべてを僕に授けて下さるのならば、僕が英雄となって魔竜を倒します。それならテオも危険な目に遭わないでしょう」

「え！」

「そもそも我々はそのためにいるんです」

「我々……って？」

「僕とジョナスです。もしこのままテオが英雄の力なしに魔竜に挑んで失敗した場合、もう英雄なしで魔竜を倒すのは無理です。そうなれば、誰かが英雄となって魔竜を倒さなければならない。その時に英雄になる者として選ばれたのが我々です」

「それがあなたとジョナスなの？」

「ええ。我々は血筋を辿れば王家に繋がりますし、王家への忠誠心も高い。英雄になった者が王家への反逆を企《くわだ》てたら困りますからね。我々はテオの代わりなんです」

そしていずれ英雄候補となる者として、聖女の護衛騎士に選ばれたのだという。

「そんな理由があったのね……」

「僕はそれでも途中でテオの気が変わって、英雄になってくれないかと思っていたのですが」

「……隊長は頑固だものね」

「そうですね」

アルトが苦笑する。テオの計画を聞いてから今日まで、私が何度頼んでもテオは英雄になることにうなずいてくれなかった。

「もしテオが失敗したら、あなたがなんと言おうと僕かジョナスが英雄となって魔竜を倒すことになっています。だから僕はいつでも英雄になる覚悟はできています。どうしますか？」

私の手をアルトがさらに強く握る。おそらくアルトの言葉に嘘はない。アルトが英雄になれば魔竜を倒せて、テオも危ない目に遭わないのだろう。それならば、まだ私にもできることがあるのかもしれない。覚悟を決めるように、ドアノブをにぎる手に力を込める。

「えっと、それは、あの、つまり、あなたと私が交わる……ってことでいいのよね」

「はい。無理にとは言いません。ただ……僕だってテオを無駄死にさせたくない」

無駄死にの言葉が胸に突き刺さる。

（そうだ。魔竜討伐に失敗したらテオは死んでしまうんだわ……）

かつて魔獣に襲われた時のテオの姿と、全身を魔獣の血で染めたジョナスの姿が、今のテオの姿に重なる。

「アルト……。でも、あなたはそれでいいの？」

「それでいい、とは？」

「私が相手でもいいのかって」

アルトが、ふっと微《かす》かな笑い声をもらした。

「それはもちろんです。ユリア様さえ良ければ、聖女の力なんて関係なくこちらからお願いしたいくらいですよ」

「また、そんなことばかり言って……」

きっとアルトのこの軽口は私の心を軽くしてくれるためなのだろう。これまでアルトがずっと私に優しかったのも、いつかこんな日が来る時に私が嫌な思いをしないようになのかもしれない。

「あなたはとても美しいし、とてもかわいらしい。聖女の力なんてなくてもあなたを手に入れたいと願う者はいくらでもいるでしょう。もちろん僕だってその一人です」

「な……アルト、冗談ばっかり……」

「まさか、本気ですよ」

「アルト……」

「本気です」

重ねられた私の手をグッとにぎりしめる。慣れない褒め言葉で、私の頬が一気に熱くなった。口のうまいアルトにとっては言い慣れた言葉で、こんなの特に深い意味はないはずなのに。

「この程度のことも言ってあげてないなんて、本当に情けない。やはりアイツにわたすのはもったたいないな」

「……アルト？」

「いえ、こちらの話です。それならこちらも遠慮はいらないな、と思っただけです。あなたを見ていたら、ぜひお願いしたい気持ちがいっそう大きくなりました」

「お願い……って！」

「無理強いする気はありません。あなた次第です」

ですが……と意味深につぶやいて、アルトの指が私の手の甲を微かにくすぐる。

「んっ、やっ、アルト……！」

「もしユリア様にその気がおありならば、このまま部屋まで僕を招き入れてくださいますか？」

重なるくらいにぴたりと身体を寄せてきたアルトが、私の耳元でささやいた。

◇◇◇

部屋に入ってきたアルトがガチャリとカギを閉めた。その音だけがやけに大きく響いて聞こえる。

アルトは着ていた上着を脱ぎ、ソファの背にゆっくりとかけた。その慣れた仕草とは裏腹に私の胸は緊張で張り裂けそうだった。アルトが着ている薄手のシャツは胸元が大きく開いており、肌があらわになっている。私はあわてて目を逸らした。

「ユリア様」

アルトはまだ戸惑っている私の手を取り腰に手を回すと、そのまま流れるようにベッドまで連れて行き横にならせた。

「あ、あの」

まだ覚悟が決まらず、もう少しだけ待ってもらおうと身体を起こしかけたが、アルトはほほえみを浮かべながら私の唇に人差し指を押し当ててそれ以上何も言えないようにした。そしてもう一度私をベッドに横たえると、顔の横に両手をついて覆い被《かぶ》さった。

「ユリア様、優しくしますよ」

「え、えぇ……」

口から出た自分の声が弱々しく震えているのを感じる。目の前に迫るアルトを見ていられなくてギュッと目をつぶると、アルトの指先が首筋をくすぐった。

「ひぃ……っ」

じわりと涙がにじみでてきて額が熱い。

(怖い……。でも、大丈夫……大丈夫よ……。だって、テオを助けるためだもの……)

必死に涙をこらえながら、両手でシーツを握りしめた。歯を食いしばり、カタカタと震える身体を無理矢理押さえ込む。するとギシとベッドが音を立てアルトが動く気配がして、そのまま髪や耳に口づけが落とされた。

「ん……」

震えがなかなかおさまらない。

（テオの時に覚悟したじゃない。今さら何を怖がってるの……！）

大丈夫、大丈夫、と何度も心の中でくり返すが、怖い気持ちはむしろどんどん大きくなる。とっくに覚悟を決めたはずなのに。

（違う……。違う！　テオだから、テオだから抱かれてもいいと思ったの。他に好きな人がいても、聖女の力が目当てだとしても、テオならいいと……）

ようやく自分の気持ちに気づいた私は、目を開けてアルトの鍛えられた胸板を押し返したがビクともしない。

「アルト、お願い。待って……!!」

「待てません」

アルトは動きを止めず、そのまま指先で私のナイトドレスに手をかける。薄手のナイトドレスは、あっという間に襟が緩められた。そしてあらわにされた首筋にアルトの唇が触れた。その濡《ぬ》れた熱で全身に鳥肌がたつ。

「いや……っ！」

身体を捻《ひね》ってもがくけれど、アルトが手足を使って押さえ込み私の自由を奪う。体重までかけられてしまい、私の力では抜け出せそうになかった。ナイトドレスの上から、アルトの手がゆっくりと太ももをなでる。冷たい指先の感触が恐ろしくて、足をバタバタと動かしながら必死に声を出した。

「やだっ！　やっぱりやめて！　アルト!!」

その瞬間、バンと大きな音が部屋中に響いた。バン、バン、と大きな音が立て続けに響き渡る。誰かが部屋の外からドアを思いきり叩いているようだ。すぐにドアが一際《ひときわ》大きくガンッと音を立て、外れてしまいそうなほどに揺れた。

「ひっ！」

大きな音に驚いて固まっていると、私に覆い被さったままのアルトが顔だけをドアの方に向ける。

「やっと来たか。間に合わないかと思ったよ」

「……え？」

「ユリア様！　そこに誰かいますね。開けます」

テオの声がしたと思ったら、すぐにまた大きな音がして勢いよくドアが壊された。そして壊れたドアと共にテオが部屋の中に飛び込んでくる。

「やぁ」

アルトが私に覆い被さったまま、テオに向かって片手をあげる。テオは部屋に飛び込んできた勢いそのままに、アルトに向かって殴りかかった。

「きゃあ!!」

アルトの身体がガンッと大きな音を立てながらベッドの下に転がり落ち、テオがそのままさらにアルトに殴りかかろうとする。

「やめて！　テオ、お願いだからやめて!!」

私はテオの腕にしがみついて必死に止める。テオは私に目をやり緩んだ襟元を見て顔を歪めると、チッと大きく舌打ちをした。

「こいつをかばうのか！」

「私……私がお願いしたの！」

「俺の気も知らないで!!」

テオがいつになく血走った目で、吠《ほ》えるように怒鳴りつけてくる。こんなに大声で怒鳴られると
いつもだったら恐ろしくて動けなくなるはずなのに、テオがあまりに勝手なことを言うから、急に
腹の底から怒りが込み上げてきた。

「……なにそれ。わかるわけないじゃない！　あなたは自分の気持ちを、なにひとつ教えてくれな
いのに」

「自分の気持ちを言わないのは、あなたの方だろう!!」

ベッドの上で激しく言い争っていると、アルトが口の端の血を拭いながらむくりと起き上がる。

「いてて……。おふたりとも、少しよろしいですか」

「アルト……」

「……」

テオは私を背中にかばうように隠しながら、アルトをにらみつけた。

「テオもその殺気を抑えろ。もう何もしないよ」

「え！」

思わず声を上げると、アルトが痛みに顔をしかめながら苦笑している。

「さすがにこれじゃあ、続きは無理でしょう？」

アルトが部屋を見回し、その視線の先では壊れたドアが床に倒れている。確かにこんな雰囲気の中で交わることなど、できそうにない。さっきまではアルトにやめてくれと言っていたくせに、これではテオを助けられないことに気づく。

（私が嫌がったりしなければ……）

うつむいてシーツを握りしめると、アルトが微かに笑う気配がした。

「おふたりとも何か言いたいことがあるようだし、少し話し合いでもしたらどうですか？　戦いの前にわだかまりはなくした方がいい」

立ち上がったアルトがポンとテオの肩に手を置くと、テオが乱暴にふり払う。アルトはそんなテオを見ながら肩をすくめると、くるりと向きを変え、脱いだ上着を手に取ってドアの方に歩き出した。

「アルト……？」

「ユリア様。思っていることを全部言ってみたらどうですか？　きっと今なら聞いてもらえますよ。じゃ、ごゆっくり」

壊れたドアをひょいと跨《また》いだアルトは、ふり返って片目をつぶると本当にそのまま出ていってしまった。

◇◇◇

部屋に残された私たちは気まずい雰囲気のまま、ベッドの上で身動きも取れず重たい沈黙を続けていた。ふいにテオが大きく息を吐いた。

「失礼します」

「きゃっ！」

私の方を向いたテオが両手を近づけてきたのでビクリと身体をこわばらせると、テオの指先はアルトに緩められた襟元をきちんと直していった。

「そんなに俺は頼りになりませんか」

「え？」

襟元を整え終えたテオは、眉間に深いシワを刻んで表情を硬くしている。

「俺では魔竜を倒せないと思ったから、こんなことをしたんですよね」

テオの目は、激しい憤りを無理矢理抑え込んでいるような暗く重い目をしていた。こんなテオを見るのは初めてだ。

「違う！　私は……私はただ、あなたに死んで欲しくなかったの!!」

思いの丈《たけ》をぶつけると、テオは目を見開いて驚いた顔をする。

「だって、英雄にならないで戦ったら、いくらあなたでも死んでしまうかもしれない！　なのにあなたは私を抱いてくれないから。だから……だからアルトに頼んだの……」

そう、このままではテオが危険に晒されることは明らかだ。それなのに私にはなにもできないなんて。涙がこぼれ落ちないようにギュッと目をつぶる。

「アルトが英雄になれば、あなたが死なないと思ったの……」

目をつぶったまま両手を強く握りしめていると、テオが身じろぐ気配がした。

「俺の、せいですか」

戸惑ったような声は語尾が少し震えている。私はゆっくりと目を開いた。目の前のテオはついさっきまであった目の中の暗い光を落ち着かせ、今度は心の動揺を表すように視線を左右に揺れ動かしている。

「俺が、あなたに、こんなことをさせた？　なぜ？　あなたは俺のことを恨んでいるのでしょう？」

「私が？　あなたを？」

意地悪ばかり言うことに怒ったりはしたけれど、テオを恨んだことなんてない。するとテオはしばらく視線をさまよわせたあと、観念したように目を伏せた。

「あなたは、いつも俺にだけ当たりが強い」

「それは！　……そうかもしれないけど」

確かにアルトやジョナスを相手にする時のようにはテオと話せない。でもまさか今さらそんなことを言われるなんて。

「だって、それは、あなたが私に意地悪なことを言うからで……」

「あなたが優しいのは知っています。でも、こんな嫌いな男のためにまで、身体を差し出そうとしなくていいんです」

「嫌いな男？」

「ええ」

テオは眉間にシワを寄せると、少しふてくされたようにふいと顔を横に向けた。

（テオは私がテオを嫌っていると思っているの？　どうして？）

わからない。わからないけれど、今はこの誤解を解かないといけない気がする。

「……嫌い、じゃない」

「ユーリ？」

「嫌いじゃないわ。だったら私を抱いてくれる？」

勢いよく顔を上げたテオは、私と目が合うと動きを止めた。テオの喉がゴクリと上下する。

「嫌いな相手のためじゃなければ、身体を差し出しても許してくれるの？」

ありったけの勇気を振り絞ってテオをじっと見つめる。するとテオが前のめりになってゆっくりと私に向かって手を伸ばした。あと少しで私に触れそうになった瞬間、テオが勢いよくその手を引いた。

「いや！　ダメだ‼」

テオは伸ばした手をギュッと握りしめたまま、身体を引いて思い切り顔を横に背けた。不機嫌そうにしかめたその横顔を見ていたら、張り詰めていた私の心は限界を迎えた。

「……そんなに私が嫌？」

「違う！　そうじゃなくて」

命がかかっているというのに、それでも抱けないほど私のことが嫌いなんだ――そう思うと辛くて、悲しくて、心が千切《ちぎ》れてしまいそう。ほとり、と涙がこぼれ落ちた。

「あっ……」

ほろり、ほろり、と両の目から涙があふれてくる。もう二度と、自分のために泣かないと誓ったのに。頬を伝う涙が落ちてベッドのシーツを濡らす。

「うっ……ううっ……」

一度泣いてしまったらもう止めることなんてできなくて、とめどなくあふれてくる涙を隠すように私は両手で顔を覆った。

「ユーリ」

ぐいとテオに引き寄せられ、そのまま腕の中で抱きしめられた。テオの大きな手が優しく私の髪をなでる。たったいま、私を抱けないと拒絶したその手で。

「テオ……どうして……」

「こんなことをしてはいけません。あなたは他人が傷つくことには敏感なのに、自分が傷つくことにはひどく鈍感だ。これは、あなたを傷つける」

「うっ……あなたを、助けられるなら……こんなの、たいした事じゃない……」

「たいした事です！」

涙の合間に訴えたが、痛いほど強く抱きしめられる。そして私の髪に顔を埋《うず》めると、喉の奥から声を絞り出した。それはひどく自分を責めるような響きをしていた。

「俺はもう二度と、あなたからなにも奪いたくない」

「奪う？　なにを？　どういう意味？」

しゃくりあげながら尋ねると、抱きしめる手を緩めたテオが私の濡れた頰に手を添えた。私の涙に触れて、テオの身体がきらきらと光をまとう。輝きだした自分の身体に目を落とし、テオは忌々《いまいま》しげに顔をしかめた。

「あなたが聖女になったのは俺のせいだ」

「え？」

「俺があのとき魔獣の血を被るなんてヘマをしなければ、あなたは聖女にならなかったかもしれない」

「そんな……そんなこと……」

そんなことあるのだろうか。聖女になることは生まれた時から決められているのではないのか。

「聖女の力が生まれつきかどうかなんて、まだ誰にもわかっていない。でもあのとき俺が呪われなければ、あなたが俺を助けようとしなければ、もしかしたらあなたは聖女にならずに済んだのかもしれない」

テオが後悔するように顔を歪ませる。

「あなたは私が聖女になったことを、ずっと自分のせいだと悔やんでいたの？　あなたはずっと、ずっと、そんなことを考えていたの？」

「あなたは聖女になり自由を奪われ、涙を流すことまで強制されてきた。あなたは泣くときだけは素直な気持ちを出せたのに。俺がその涙まで奪ってしまった。涙まで嘘にさせてしまった。あなたの唯一の本当を奪ってしまった」

「だから、私が涙を流していると不機嫌だったの？」

私を抱きしめているテオの手に力が込められる。答えないということは、きっと本当だ。ようやくテオの想いを知って、涙が止まらない。

「私、テオが助かるなら、もう二度と自分のために涙を流せなくてもいいと思ったの。これからは聖女の力を使うためだけに涙を流すから、代わりにテオを助けてくださいって。だから、テオに奪われたわけじゃない」

泣きながらあなたのせいじゃないとくり返し訴えるけれど、テオがひどく辛そうに顔を歪めた。

「ユーリ。我慢なんてしなくていい。嘘泣きなんてしなくていいんだ。泣いて、笑って、好きなことをして、あなたはもっと自由になっていい。これ以上もう自分を犠牲にしないでくれ。そのために俺はここにいる」

「テオ……」

次から次へとあふれる涙をテオの指先が丁寧に拭っていき、そのたびにテオがまとう光が増していく。

「本当はこんなふうにあなたを泣かせたくない。でもこの涙を力に変えて、明日必ず魔竜を倒してくるから」

テオは両手で私の頬を包むと、あふれる涙を吸いとるように目尻に静かに口づけを落とした。

「今夜は俺のために泣いて、ユーリ」

「テオ……」

泣いてもいいと言われた私はテオに抱きしめられたまま、ありったけの涙を流し続けた。テオは私の涙をぬぐってはその指に口づけを落とし、時折私の頬にも口づけを落としてくれる。

「あなたはあなたのままで価値がある。それは聖女だからとかそんなのは関係ない。あなたがあなたを大切にしないなら、その分俺があなたを大切にします」

「どうして、そこまでしてくれるの……？」

「そうですね。すべて終わったらきちんと全部説明します」

テオに抱きしめられながら頭をなでられていたら、心地がよくて力を抜いて身体をゆだねる。

「テオ……テオ……」

「こうしていると、なんだか懐かしいな」

「うん……」

「ずっと、こうしたかった」

「テオ……？」

「明日も早い。もう休みな。おやすみ、ユーリ」

テオが私の額に口づけを落とし、私はそのあたたかさに安心して、そのまま泣きながら眠ってしまったのだった。

目が覚めたら私はベッドに寝かされていた。あわてて起き上がると、ベッドサイドに置かれた椅子にテオが座っている。

「あ！　テオ……!?」

「おはようございます。すみません、ドアを壊してしまったのでお一人にできず、俺もここで休ませてもらいました」

おそらく一晩中私の涙を浴び続けたテオの身体は、かつてないくらいきらきらと光をまとって輝いている。

「まさかずっと起きていたの？」

「あなたの力をもらったので大丈夫です。戻ってきたらすべてお話しします。だから俺を信じて待っていて、ユーリ」

気づけば私の目からはまた涙がこぼれ落ちていた。テオは濡れた頬に手を伸ばして優しく拭うと、まるで昔のテオのように柔らかくほほえんだのだった。

幕間二　ずっと、見てきた～アルトのつぶやき～

僕の親友であるテオドロス・ニーラントはとても頑固な人間だった。学生時代から優秀で、決して遊んだりさぼったりすることをせず、誰よりも真剣に訓練や学業に取り組んでいた。一度、「たまには遊んだらどうか」と声をかけたことがある。するとひどく深刻な顔で「俺にそんな資格はない」と言っていた。その時の思いつめた様子が気になり、根掘り葉掘りと事情を聞いたのが僕たちの仲の始まりだった。

テオには絶対に叶《かな》えたい、叶えなければならない願いがあり、そのためにこれまでひとつとして手を緩めることなくやってきたのだ。そんなテオの隣にいた僕は、いつしかテオの願いを叶える手伝いをしたいと思うようになっていた。それまで侯爵家の次男として適当に生きてきた僕が、周りに優秀と認められるようになったのもすべてテオの熱にあてられたせいだろう。

いよいよ今日は魔竜を倒し、テオの願いを叶える時が来たのだ。まだ明けたばかりでほんのりと暗さが残る空の下、魔竜討伐のために集められた精鋭たちが一斉に森の中の道を進む。彼らは皆、眩《まばゆ》いばかりの光をまとって輝いていた。僕は馬を動かし、ひときわ輝いている人物に近づき声をかける。

「やぁ、テオ」

「アルトか」

テオが僕を見て思いきり顔をしかめる。なにやら殺気が漏れ出ているように見えるが、どうも魔竜に対するものだけではなさそうだ。

「よく光っている……が、英雄になったわけじゃなさそうだね」

テオはふんと鼻を鳴らし返事をしない。つまり、その通りということだ。この男は公爵令息のくせに、どうでもいい相手を適当にあしらうことはできても嘘《うそ》はあまり得意じゃない。さらにそれが仲が良かったり、心を許していたりする相手だとなおさらだ。

ユリア様が聖女の力を使う時、額に現れた聖女の証《あかし》が神々《こうごう》しく光り輝く。聖女の力をすべて授けられた英雄も同じように証が現れて輝くというから、どうやらテオは英雄にならなかったらしい。

「よくあそこで止まれたもんだ。僕でさえギリギリだったのに」

挑発するようにつぶやけば、馬上からテオが目だけで僕を射殺そうとしてくる。

「アルト。これ以上、よけいなことを言うなよ。ここで俺に殺されたいか」

さすがに僕に剣を向けるまでしてこないのだから、相変わらず理性的すぎるヤツだ。僕はテオの理性が勝ってしまったことに、不満のため息をついた。

「それにしても君、ずいぶん早く駆けつけたね。あぁ、あれか。あの領主の阿呆《あほ》息子みたいなやつが現れないか警戒していたとか？」

以前、この地の領主の阿呆息子がユリア様に狼藉《ろうぜき》を働こうとした。その責を取って領主には罰が与えられ、阿呆息子自身も今は親の威光の届かない遠い地で厳しい任務を与えられている。しかし阿呆息子のような奴が他にも現れないとは限らないため、用心するにこしたことはない。

「マウリッツ殿下からお借りした護衛騎士に、なにかあればすべて俺に報告するよう言ってあった」

「あぁ〜、彼か。なるほどね」

昨日ユリア様といた護衛騎士を思い浮かべる。殿下の護衛騎士だけあって、彼なら実力も我々と遜色ないはずだ。たとえ阿呆息子のような輩《やから》がいたとしても、彼がそばにいれば大丈夫だろう。そして優秀な護衛騎士である彼は、僕がユリア様を部屋まで送ったこともすぐにテオに報告したのだろう。報告を聞いて焦って走ってくるテオの姿を想像するとおかしくて、自然とにやけてしまう。すると、テオがなにか言いたげに冷たい視線を向けてきた。

「なんだい？」

「俺が警戒していたことにおまえは気づいていただろう？」

「どうしてそう思うんだい？」

「おまえが本当に英雄になるつもりなら、あんなやり方はしない。おまえの本気をあんな簡単に止められるわけがない」

「なるほど」

確かに僕は護衛騎士としてユリア様から信頼を得ている。テオに邪魔されず二人きりになる機会だって、いくらでも作れただろう。そしてもし僕が英雄の力を求めてユリア様を襲ったとしても、歓迎されることはあれど罰せられることはなかったはずだ。それほど僕は英雄になる資格があると認められているのだ。

(それでもユリア様を傷つけたりすれば、テオに殺されていただろうけどね)

「君こそ、そこまでわかっているなら僕がなんのためにあんなことをしたかもわかるだろうに。それを全部無駄にしやがって」

長年テオの隣にいたのだから、テオの気持ちは痛いほどわかる。ただそれでも僕は、テオはユリア様を抱いて英雄になるべきだと思っていた。確かにユリア様には辛《つら》い想《おも》いをさせるかもしれないが、聖女はユリア様一人しかいないのだ。女性を悲しませるのは主義に反するが、多くの人の命を犠牲にしてまで貫くことではない。

(それに、たとえ心は伴わなくとも、僕ならいくらでも心地よい時間をあげられる自信があったしね)

だからテオにも、せめて身体《からだ》だけでも良くしてあげればいいじゃないかとそそのかしたものだ。だが頑固なテオは、何度説得しようとも決して首を縦に振らなかった。

(どう見てもユリア様はテオを好きなんだから、テオさえ素直になれば問題ないはずなのにね)

だからこそ、僕が泥を被《かぶ》るつもりであんな真似《まね》までしたというのに。呆《あき》れてこの頑固者の姿を見ていると、テオがジーンの手綱《たづな》を握った。

「無駄じゃない」

「あぁ？」

「まだあの人のすべてを手に入れてないんだ。この世に未練しかない。絶対に、生きて帰る」

「テオ、君……」

テオはほんの少しだけ照れくさそうにして気まずい顔を浮かべてから、強い眼差《まなざ》しで前を見据えた。その眼差しには、向かう先にいる魔竜を必ず倒してやるという決意が込められていた。

「そうか……」

なるほどテオはようやく覚悟を決めたのだ。それは僕が望んでいたものとは少し形が違っていたけれど、あれだけ周りを牽制《けんせい》して独占欲を丸出しにしておきながら、兄だなんてうそぶいて自分をごまかしてきたテオが、ようやく自分の気持ちを認めたのだ。そう考えるとなんだかとても感慨深い。

「ふふ、それにしても一晩中いっしょに過ごしながらなにもしないだなんて、君は不能なんじゃないかと心配になるね」

「おい」

「あ、もしかして君、初めてだからやり方がわからなかったとか？」

「アルト!!」

気負って肩に力が入りすぎているテオをからかって、緊張をほぐしてやる。

「この戦いが無事に終わったら、女性を喜ばせる方法を君にたっぷり教えてあげるよ」

「おまえに教わることなんてない!!」

怒鳴り声を背に浴びながら、僕はテオの前から逃げ出した。

「さて、それでは僕もそろそろ本気を出さないとね」

友の覚悟を無駄にしないために改めて気合いを入れ、僕は手綱を握り直すのだった。

◆◆◆

森の奥までやってきたら、そこには報告で受けた通りの全身を真っ黒な鱗《うろこ》で覆われた巨大な塊があった。巨大な塊である魔竜は、通常大型とされる魔獣よりもひとまわりもふたまわりも大きく、長い首と尻尾をふり回して暴れながら周りの木々を薙《な》ぎ倒している。だが――。

「なるほど。記録にあった魔竜よりはよっぽど小さいね」

「あぁ、魔獣退治をしてきた成果が出ているな」

かつての記録では、魔竜の姿は山のように大きくその全容がつかめないと書かれていた。

しかしいま目の前にいる魔竜は、確かに大きいけれど決して倒せないような大きさではない。

「行くぞ」

「あぁ」

テオの合図で光をまとった騎士がすらりと剣を抜いた。その剣も鎧《よろい》もすべて光をまとって輝いており、ユリア様から聖女の力を分け与えられていた。実は先日の水晶宮《すいしょうきゅう》からの脱出事件によって発覚したのだが、ユリア様が物にも聖女の力を分け与えることができるようになっていたのである。

我々はこれまで英雄の力なしに魔竜を倒す方法がないかと、ありとあらゆる文献を漁《あさ》ってきた。

そしてかつては物に聖女の力を分け与えることができる聖女がいたという記録は見つけたが、その方法までは残されていなかった。

『扉が開かないようにしたりするのはきっと少し変わった使い方で、これを使えば剣や防具にも聖女の力を分け与えることができると思うの』

ユリア様はそう言って、我々の剣と防具に聖女の力を分け与えてみせたのだ。あの脱出事件でユリア様になにかあったらと思うと今でもぞっとするが、新しい力の使い方が見つかったのは不幸中の幸いである。そしてユリア様は魔竜討伐に向かう全員分の剣と防具に聖女の力を分け与えると、さらに呪いを浄化できる聖水にも聖女の力を分け与えた。それによって、精々小型の魔獣の呪いくらいしか浄化できなかったはずの聖水でも、大型の魔獣の呪いを浄化できるほどになったと見込まれた。魔竜の呪いにどれだけ効果があるかはわからないが、おそらくある程度は浄化できるだろう。聖女の力を分け与えられた剣に鎧、それに大量の浄化のための道具たち。これらはすべてユリア様の力が歴代聖女の中でも抜群に強かったからできたことだった。

テオが魔獣の咆哮《ほうこう》に負けないほど力強く号令をかける。

「かかれ!!」

テオの合図に従いながら、まだ動きが緩慢としている魔竜の身体を少しずつ削っていく。

「核があったぞ」

「やった！　壊した！」

喜びの声が上がったところに、テオが厳しく声を飛ばす。

「油断するな！　魔竜の核はひとつじゃない！」

普通の魔獣と違って魔竜にはいくつもの核があった。それらを全部壊さない限り、いくら傷をつけても核の周りから身体が再生してしまう。ただ中心となる核があることもわかっており、それを完全に破壊できれば魔竜を倒すことができるのだ。

「身体を削って核を壊せ！」

皆で剣を振るってひたすらに核を破壊していく。しかし当然魔竜の身体を削《そ》ぐたびに傷口からは血が噴き出し、その血を浴びすぎれば聖女の力が失われて呪われてしまう。できるだけ魔竜の血を浴びないように避《よ》けながら、必死に身体を削り続ける。

「中心となる核がどこかにあるはずだ！　探せ‼」

魔竜の身体を少しずつ削って核をひとつずつ壊しながら、血を浴びて聖女の力を失った者から下がっていく。じりじりと味方の光が減って陰っていく中、テオの叫び声が響いた。

「あそこだ‼　背中の羽の付け根に核がある！」

足の核をいくつも壊され身体を傾《かし》げた魔竜の背中には、この世のすべての光を吸い込んでしまいそうな暗い闇の色をした核があった。

「あれを壊せば倒せるぞ！」

「テオ……！」

テオは多少の血は浴びていたが、まだその光のほとんどが失われていなかった。真っ白な騎士服が光をまとって輝いている。

「純白の騎士……か」

かつて己がユリア様の前で魔獣の血を浴びて呪われてしまったことを、テオはいまだに許せないでいる。そのため、もう二度と魔獣の血は浴びないことを自分に課していたのだ。

「テオ！　ここは僕にまかせろ!!」

テオに向かって合図をしてから後ろ足の核を壊すと、ふんばりの効かなくなった魔竜の下半身が地面に沈んだ。

「行け！　テオ!!」

「あぁ!!」

尻尾の付け根に飛び乗ったテオはそのまま魔竜の背を駆け上がり、大きく剣を振りかぶって闇色に蠢《うごめ》く魔竜の核に向かって思い切り剣を突き立てた。魔竜は恐ろしい咆哮をあげながらぐるりと首を回し、その場に倒れ込んだ。

「やったか!?」

「まだだ！」

テオは闇色の核に突き刺した剣を抜いて、再び刺そうと振りかざす。

「テオ！　危ないっ!!」

動かなくなったと思った魔竜が再び首をもたげ、大きく口を開けながらものすごい勢いで自分の背に乗るテオに向けて襲いかかる。

「クソッ！」

テオはそのまま襲いくる魔竜の首を避け、くるりと身体を反転させると、剣を振り下ろして魔竜の頭を切り落とした。頭を失った首は天に向かってそびえ立ち、そのままふらふらと左右に大きく揺れながら、切り口から大量の血を吐きだした。そこからテオに向かい魔竜の血の雨が降り注ぐ。

「テオ!!　避けろ」

しかし魔竜の背中の上では逃げ場なんてどこにもない。

頭からどす黒い魔竜の血を浴びて、テオがまとっていた光が失われていく。あっという間にテオの純白の騎士服が暗い血の色に染まった。それでもテオはあきらめることなく降り注ぐ血の雨をその身に受けながら、闇色の魔竜の核に何度も剣をつき立て粉々に打ち砕く。

ようやく核が壊れると、頭を失った首が周囲に大量の血を撒《ま》き散《ち》らしながら地面に落ち、魔竜の身体も大きな音を立ててそのまま地面に沈んだ。ピクリとも動かなくなった巨大な黒い魔竜の背には、真っ白だった騎士服からどす黒い魔竜の血を滴らせているテオが立っている。聖女の、ユリア様の加護の光は、もうとっくに消えてなくなっていた。

あまりに凄惨《せいさん》な光景で騎士たちが言葉を失っている中、テオががくりとその場で膝をついた。

「テオ……っ!!」

駆け寄ろうとする僕に向かってテオが叫ぶ。

「アルト……！　来るなっ!!」

テオは叫び尽くすやいなや、魔竜の血の海の中にゆっくりと倒れ込んだ。

五章　あなただけが、できること

魔竜討伐隊の騎士たちが出発する直前まで、私は涙を流して聖女の力を分け与え続けた。北の地の神殿の大聖堂の扉を大きく開け放ち、そこに皆が入れ替わり立ち替わり剣や防具を持ってやってくる。すでに討伐に参加する者の身体《からだ》には聖女の力を分け与え終えたあとで、今は彼らが使う装備品や道具に力を分け与えている所だった。

「見事なもんだね」

声を掛けられ顔を上げると、まばゆいばかりの金髪が目に入る。

「マウリッツ殿下！」

マウリッツ殿下は礼を取ろうとする私を制して、そのまま続けるように促す。まだ夜も明けきらぬ早朝にもかかわらず、殿下は北の地まで見送りに来ていた。殿下は魔竜討伐隊の一人ずつに激励の言葉を与え、殿下から直接言葉を賜《たまわ》った騎士たちは皆、士気を上げ意気揚々と出発したのであった。

「まさか殿下がいらっしゃると思いませんでした」

「テオドロスや皆を危険にさらしておきながら、僕ひとりだけ王宮でぬくぬくと待っている気にはなれなかったんだ」

危ないからと難色を示す国王陛下を説得して、わざわざやってきたのだと言う。

「とはいえ、僕には何もできないから結局ここで待っているだけなのが悔しいな」

「いいえ。殿下がいらっしゃって、皆の士気も上がったと思います」

「それなら良かった」

殿下は優雅に微笑《ほほえ》んだ。それから私の手元をのぞきこむ。

「それで今は何をしているの？」

「これは、聖水に聖女の力を分け与えています」

私の涙を一滴ずつ聖水の瓶に加えると聖水がきらきらと光り出す。こうすると聖水自体の呪いを浄化する力が上がるのがわかったのだ。涙の効果はあまり長くはもたないが、皆が戻ってきた時に使いやすいように準備をしている。

「泣きすぎてだいぶ目が腫れてしまっているようだね。僕の薬を分けてあげよう」

「いえ、そんな恐れ多いです」

「いいからいいから」

殿下は王族専用だという特別な薬を分けてくれた。そして口の端を片方あげてほんの少しイタズラな笑みを浮かべる。

「あなたに何かあげると、テオドロスに怒られてしまうかな？」

「なぜですか？」

「あぁ。彼は僕があなたと一緒に過ごすのがよっぽど嫌らしい」

「私が殿下になにか失礼なことをしそうだからでしょうか」

そんなに信用がないのかと少しむくれると、すぐに殿下が笑い声をあげた。

「ハハッ！　違う違う。テオドロスは僕とあなたが仲良くなるのが嫌なんだよ」

「私と殿下が？　どうしてでしょう？」

殿下は私の反応がよっぽど面白かったのか、口元を押さえながら肩を揺らしている。こんな表情をしていると、いつも大人びている殿下が年相応な十六の男の子に見えた。

「僕はね、ずっとあなたと話してみたかったんだ。だけどテオドロスに邪魔されていてね。今日だってあなたと一緒に待つと知って嫌がっていたよ」

「どうしてですか？」

「なぜだろうね？」

殿下はふふと笑ってから、ぐいと身を乗り出して顔を近づける。

「それはね、もし僕とあなたが仲良くなって、僕が英雄になりたいなんて言い出したら困るからだ。英雄にならずに魔竜を倒すのは、テオドロスが英雄候補でなければ無理だ。だけどもし僕が英雄になることを希望したらテオドロスは英雄候補から外されただろう。だから彼にとっての一番の障害は僕だったのだよ」

「障害だなんて、そんな……」

確かにエードラム王国の成り立ちを考えれば、王太子である殿下が英雄になりたいと願ったら、それを差し置いてテオが英雄候補でいるのは難しいだろう。

「テオドロスはね、これまで多くの〝聖女に関わる決まり〟を変えてきた」

「聖女に関わる決まり、ですか？」

「あぁ。あなたは来てすぐに聖女教育を受けただろう？　実はあれは優秀な聖女を作るためのものじゃない。あれは従順な聖女を作るため——ようは国に逆らえないように洗脳するためのものだ。厳しくして考える力を奪い、いざその時が来たらなにも疑問を持たないように」

先ほどまで無邪気な少年のように笑っていた殿下が、洗脳なんて言いながらあやしく目を細めた。

（確かにあの頃の私は、疲れてなにも考えることができなかったわ……）

厳しかったあの聖女教育が、自分を洗脳するためのものだったと知って背筋に震えが走る。

ただ言われるままに心を殺して過ごしていた日々だった。もしあの時誰かに身体を差し出せと命じられたら、私は疑問に思うことなく従ってしまっていたかもしれない。

「それを変えたのがテオドロスだ。彼はあなたが聖女になってからずっと、聖女教育のあり方に反対を唱え続けていた。そして陛下を説得して僕の代わりに英雄候補となることを認めさせると、さらに聖女教育も自分の好きなようにさせろと言って次々と変えていったんだよ」

「……え？」

テオが聖女教育に口を出していたなんて初めて聞く話だ。

（私に聖女の本当の力について隠していただけじゃなかった……？）

それに今の殿下の話だと、まるであの辛《つら》かった聖女教育がなくなったのがテオのおかげみたいだ。

殿下は私の反応を見ながら、満足そうにほほえんでいる。

「そして彼はあなたを一番近くで護《まも》るため、あなたの護衛騎士になった」

「まさか！　だってそれは、私が魔獣討伐の遠征に帯同することになったからで……」

「これまでの聖女は魔獣討伐になんて行かなかった。英雄さえいれば、わざわざ魔獣の数を減らす必要はないからね。実際、聖女を危険な目に遭わせるなんてと反対の声も多かった。それをテオドロスが『自分なら必ず護れる』と、自分の強さを周りに示して黙らせたんだ」

そのためにテオは誰にも負けないぐらい強くなったのだと殿下は言った。

「あなたのために英雄にならずに魔竜を倒そうとしているのに、それであなたを危険な目に晒《さら》すかもしれないことをテオドロスはずっと悩んでいた」

「そんな……」

聖女教育が家庭教師に変わり、魔竜討伐に行くことになって護衛騎士としてテオがやってきた。それは長年のしきたりに従った流れだと、ずっとそう思ってきた。

(でも、そうじゃなかったの……？　テオが変えてくれたの？　どうして？　いつから？　テオはいったいなにをしてきたの？)

混乱する私に向かって、殿下が落ち着いた声で語る。

「僕はテオドロスが必ず魔竜を倒すと信じている。彼のこれまでの執着を見てきたから。だからその覚悟をあなたにも知っていてもらいたかった」

殿下はそう言い添えたあとに、ふふ、笑いながら肩を揺らした。

「そう言えば、舞踏会の時に僕が言ったことを覚えている？　途中でテオドロスに止められてしまったけれど、今度はヴェールなしで出席して欲しいって」

「えっと、はい……」

あの時、聖女は人前でヴェールを外してはいけないはずなのに、殿下がなぜそんなことを言うのかわからなかった。それがこの話にどう関係するのだろうか。

「あれはね、魔竜を無事に倒してあなたが聖女である必要がなくなった時、あなたが困らないようにしたいって。あなたが貴族令嬢として舞踏会に出ることもあるだろうから、少しずつ慣らしていきたいというテオドロスの意向だったんだ。まだあなたに伝えるには早かったみたいだけど」

「聖女じゃなくなる……？」

聖女として一生を水晶宮《すいしょうきゅう》で過ごすものと考えてきたから、まさか聖女でなくなる日が来るかもしれないなんて考えたこともなかった。

(それに魔竜のことを知った後は、魔竜を無事に倒すことばかり考えていたから、そのあとのことなんて全然……)

だからあの時、わざわざドレスに着替えさせられたのだろうか。魔竜を倒したあとの私のことまで考えて。

「彼の行動はすべてあなたのためだ。テオドロスはあなたを聖女ではない、普通の令嬢の立場に戻したがっていた。ずっとね」

「そんな……今さらです……」

「今さらなんかじゃない。ふふ。でもさ、自分が婚約者の立場を得てからやっと舞踏会に出るのを許すのだから、テオドロスも心が狭い。あれでは誰もあなたに近づけない」

　これではまるで、テオが私に他の人を近づけないように婚約者になったみたいだ。しかし私が誰かを英雄にするためその身を捧《ささ》げずに済むように、そのために婚約したのだとテオは言っていた。

「あの、テオが……隊長が私と婚約したのは、私を守るためだって……」

「そうだね。でもきっとそれだけじゃないと、僕は思うよ」

　それだけじゃないなら、他になにがあるというのだろうか。

「あの……」

　もっと詳しく教えて欲しいと口を開きかけたその時、にわかに外が騒がしくなった。

◇◇◇

　魔竜討伐隊の一行が戻ってきたらしく、聖女である私を呼んでいるとの知らせがくる。急いで屋敷の庭に向かうと、アルトが大声で集まる人々に指示を出していた。

「ありったけの聖水と布を持ってこい!!」

　アルトは一人だけ先に戻ってきたようで、私はアルトに駆け寄りながら大声で叫ぶ。

「アルト！　テオは？　テオは無事なの!?」

「ユリア様！　マウリッツ殿下は危ないのでこちらには来ないでください!!」

アルトが私の後ろにマウリッツ殿下の姿を認めて近づかないように止めると、殿下はすぐに了承の合図を送る。

「わかった。僕は部屋に戻るから、誰か別の者に先ほどの聖水を持ってこさせよう」

「お願いします！」

すぐにアルトが私の肩を強くつかんだ。

「ユリア様、落ち着いて聞いてください。魔竜は倒しましたが、テオが魔竜の血を全身に浴びて呪われました。あなただけが頼りです。テオの呪いを浄化してください」

「テオが……！　わ、わかったわ」

すぐにざわりと周りがざわついて、目をやれば鹿毛《かげ》の馬がどす黒い血をポタポタと垂らしながらやってくる。その背中に誰かを乗せて。

「テオ!!」

テオが愛馬であるジーンの背に乗せられている。すぐに駆け寄ろうとしたらアルトに止められた。

「ユリア様、離れて。まずはテオを下ろして魔竜の血を洗い流します」

ちょうどそこに殿下が持って来させた聖水が届く。ついさっき聖女の力を分け与えたばかりなので、瓶の中の聖水がきらきらと輝いている。アルトはテオをジーンの背から庭先に下ろし、運ばれてきた聖水をひたすらかけるように指示を出した。そしてその間に魔竜の血に染まったテオの服を脱がせていく。そして血で濡《ぬ》れた服を別の布で包むと、そのまま焼き払うように命じた。

「魔竜の血には決して触れるなよ！　呪われるぞ！」

アルトは誰も魔竜の血に触れないよう注意を促しておきながら、自分の手は血塗れになっている。

「アルト！　あなたの手が……」

「これくらい平気です」

何もできないままアルトが指示を出すのを見ていると、ジーンがその場に足を折って座りこんだ。言葉は話せなくても苦しそうなのが伝わってくる。

「ジーン、あなたがテオを連れてきてくれたの？」

「テオドロス隊長が魔竜の血を被《かぶ》り誰も近づけずにいたら、ジーンが血の海の中を走って助け出してくれたんです」

そう教えてくれた騎士は魔竜討伐隊に参加していた者で、ジーンと並走してここまでテオが落ちないように見ていてくれたらしい。

「ありがとう、ジーン。でもあなたにまでひどい呪いが……」

美しい毛並みは見る影もなく、魔竜の血が黒くまだらにこびりついている。辛そうなジーンを見ていられなくて浄化させてもらえないか手を添えると、そばにいた騎士にやんわりと止められた。

「今、ジーンの分の聖水を用意させています。動物は人より呪いに強いので、聖水で浄化できます。ジーンのことは我々にお任せください」

騎士はジーンを助けるのに全力を尽くすことを約束してくれる。そしてその代わり、テオを必ず助けて欲しいと目が訴えていた。

「……わかったわ。お願いね」

するとちょうど魔竜の血を洗い流し終えたテオを、アルトが布で包んで抱え上げた。

「ユリア様！　テオを部屋まで運びます!!　ついてきてください」

「う、うん！」

足早にテオの部屋へと向かうアルトの背中を、私は必死に追いかけたのだった。


アルトは部屋に入るとすぐにベッドの上にテオを横たわらせた。テオは真っ白な血の気のない顔をして、苦しそうに顔を歪《ゆが》めている。いくら血を洗い流したとしても、呪いを早く浄化しなければ身体が腐り落ちてしまう。

「なにか着せるものを用意します。その間にテオの浄化をお願いします」

「うん……」

私はすぐにベッドサイドの椅子に座りテオの手を握り頬擦りをする。苦しそうなテオを見つめているとあとからあとから涙があふれてきた。額に熱がたまり聖女の証《あかし》が光を放つ。テオの手に涙が触れるたび、ほんの一瞬だけテオの身体も輝くけれど、たちまちその光は消えてしまった。

「なんて強い呪い……」

呪いを浄化している手応えは感じるのに、魔竜の呪いはこれまで浄化してきたどの魔獣の呪いよりもよっぽど強かった。

「ユリア様、少しよろしいですか？」

「アルト……」

ガウンを手に戻ってきたアルトは、テオに巻いた布を剝《は》がして手早くガウンを着せていく。

私はテオの裸を見てしまわないように目をつぶりつつ、涙がテオに触れ続けるように手を握っていた。

「目を開けていいですよ」

言われた通りに目を開けると、テオが裸にガウンを羽織って苦しそうに横たわっている。こんなにテオが苦しんでいるのに、私はただ涙を流すことしかできない。

「テオ……」

「ユリア様が聖水に力を与えてくださったおかげで、かなりの応急処置ができました。あれがなければ、テオはここに戻ってくるまでもたなかったかもしれません。あとは呪いがすべて浄化されるまでにテオの体力がどれだけもつか」

腕を組んだアルトは、まるでテオのように眉間に深いシワを寄せていた。その手には先ほど受けた呪いがまだ残っている。

「アルト、手を出して。あなたの呪いも浄化しないと」

「……では少しだけ涙をわけていただけますか？」

テオの手に触れていない方の頰にアルトが手を伸ばした。そのまましばらく私の涙を拭っていると、アルトの身体がわずかに光をまといはじめる。

「もう結構です」

「でも……」

「僕は直接血を浴びたわけではないので、これくらいの呪いならあとは普通の聖水でも浄化できます」

「そう……。他に呪われた人はいないの？」

「先ほどの聖水がまだ残っていますし、被害が広がる前にテオが魔竜を倒してくれたので大丈夫です。あなたの涙はテオに使ってやってください」

「わかったわ……」

テオの手を握りながら潤んだ目でテオを見つめるが、苦しそうにしていてまるで変化が見られない。

（私で本当に助けられるの？　間に合わなかったりしない？）

もし間に合わなかったらと思うと、不安で胸が押しつぶされてしまいそうだ。

「傷が恐ろしくないですか？」

「え？」

「その首の傷です」

アルトが指差した先では、ガウンの合わせ目から傷痕がのぞいていた。あの日、テオが私を魔獣から助けてくれた時についた傷。

「怖くないわ。だって、私を守ってついた傷だもの」

「そうですか。テオはこれを、あなたを守れなかった傷だと言っていました。そしてあなたが怖がるから、とテオはいつもあなたから傷を隠していたんですよ」

「私から？」

「えぇ。あなたの前以外では別にこの傷を隠していません。それにあなたの護衛騎士になったばかりの頃も、まだこの傷を隠していなかったはずです」

言われてみれば、今ではその傷をきっちり隠して見せないようにしているけれど、昔は何度かテオの傷を見た覚えがある。そんなことすっかり忘れていた。

「あなたがこの傷を見るたびに辛そうにするから、隠すようになったんです」

「そんな……私はただ、テオが痛くないのかと心配で見ていただけで……」

そうだ。思い出した。傷痕が残ってしまったのが申し訳なくて、痛みが残ったりはしていないのかが心配で、テオの傷を見るたびに胸を痛めていた。それが怖がっているように見えたのだろうか。

「テオは傷のことで私をうらんでいたわけじゃないの……？」

アルトが見慣れた苦笑を浮かべて肩をすくめる。マウリッツ殿下の話と昨日聞いたテオの話が一緒になって頭の中をぐるぐると回る。

「もしかして……テオはすごく過保護なの？」

「そうですね」

「バカね」

いつも不機嫌な顔をして私に意地悪なことばかり言うから、全然そんなこと気づかなかった。私はテオの事を何も知らない。きっとまだ誤解していることがたくさんある。

「ねぇ、すべて話してくれるのよね……？」

テオの目が覚めたら聞きたいことが山のようにある。しかし尋ねても返事は返ってこない。私はテオの手を握りしめ、ただひたすらに涙を流し続けた。

◇◇◇

魔竜を倒してから十日が過ぎたが、テオはまだ目を覚ましていない。涙で呪いの進行は止められているようで、手足が腐り落ちることはなかった。しかし涙に触れたテオの身体がほんの一瞬光をまとっても、すぐに光は消えてしまう。肝心の呪い自体がまだ浄化できておらず、そのせいでテオは目を覚まさないようだった。アルトは魔竜討伐の後処理で忙しくしており、一人で心細い私をマウリッツ殿下がよく励ましてくれた。

「テオドロスは誰よりも執念深くてあきらめが悪いからね。今も必死に戦っているはずだ」

「はい」

「あなたをこんなに心配させて、テオドロスが目を覚ましたら思い切り文句を言うといい」

「そうします」

そして魔竜の処理をある程度まで見届けてから、「あなたたちがそろって戻ってくる日を待っているよ」と言い残し殿下は王宮へと帰っていった。

そしてちょうど入れ替わりになる形で、魔獣の呪いから回復したジョナスが北の地までやってきた。さらにジョナスは謹慎の明けたタマラも一緒に連れてきてくれた。

「ユリア様!!」

「タマラ！　あの時は無理を言ってごめんなさい。なにか酷い目に遭わなかった？」

「私は家で大人しくしていただけなので大丈夫です。それよりもユリア様が危ない目に遭ったと聞いて、生きた心地がしませんでした。私こそ浅はかな真似《まね》をして申し訳ありませんでした」

テオの浄化のために涙を流し続けている私に駆け寄り、足元に跪《ひざまず》く。そしてお互いにあの時はごめんなさいと謝りあった。

その後すぐにタマラは顔色の悪い私のために動き始める。この十日間、目を離すとテオが死んでしまいそうで、私はろくに眠ることもできずにいた。

「意識のないテオドロス隊長の世話は他の者に任せて、ユリア様は呪いの浄化だけに専念すべきです」

これまでは意識のないテオの身体を拭いたり水を飲ませたりなどの世話をすべて私にやらせてもらっていたのだが、それではダメだと言う。

「でも、タマラ……」

「はっきり申し上げますが、ユリア様のつたない世話ではテオドロス隊長のためになりません」

タマラがきっぱりと言い切る。そして私は自分の身体を休めなければいけないと怒られた。

「まずはしっかり休む。その上で、ユリア様はご自分にしかできないことをしてください。呪いを浄化する前に倒れたらどうするんですか。テオドロス隊長の呪いを浄化できるのはユリア様しかいないんですよ！」

「あ……はい、ごめんなさい……」

タマラの勢いに押されて素直に謝ると、うなだれて小さくなる私を見ながらアルトが苦笑している。

「タマラが来てくれて助かったよ。僕たちがどれだけ休むように言っても、ユリア様がなかなか納得してくれなくてね」

私のわがままで皆を困らせていたことに気づき、もう一度「ごめんなさい」と言ってさらに小さくなった。反省する私を励ますように、ジョナスが明るく声を張り上げる。

「隊長の目が覚めた時にユリア様の元気がなかったら、絶対に隊長は気にしちゃいますよ。隊長になにかあればオレがすぐに知らせに走るので、まずはゆっくり休んでください」

私の代わりに自分が目を離さずに見ているから、とジョナスが約束してくれる。そして私がすぐに駆け付けることができるようにと、アルトは自分が使っていたテオの隣の部屋と私の部屋を交換してくれた。

「アルト様！　館の料理人にユリア様の食事を頼んでください。ずっと泣いてらしたんですから、スープがいいですね。あ、それと果汁たっぷりの果物もお願いします。ユリア様、それなら食べられますか？」

食欲がないからとほとんど食べられていなかったことも、すべてタマラにはお見通しのようだ。

そして食事の用意ができるまでの間に、私の好きな茉莉花《ジャスミン》の香りのお茶を淹《い》れてくれる。

「あ……おいしい……」

おいしいと感じたのなんてずいぶん久しぶりだ。そして温かいお茶にスープ、甘い果物を口にしたら、少しずつ力が湧いてくるのがわかった。食事のあとには湯あみの用意もしてくれる。

(最近はテオのそばから離れたくなくて、身体を拭くだけで済ませていたものね)

久しぶりに浸《つ》かった温かいお湯は、疲れをじんわりと溶かしていく。自分で思っていたよりもずっと疲れていたようだ。顔を洗うと泣きすぎて腫れた目と頬にお湯が染みる。

(でも、テオはきっともっと痛い……)

テオのことを思うだけで自然と涙があふれ出す。ただ泣くことしかできない自分が情けなかった。それでもタマラが、アルトとジョナスが、皆がここにいてくれて、一人じゃなくて良かったと心から思う。

(私は一人じゃない)

湯から上がると、テオのベッドの横にもうひとつベッドが用意されていた。どうやら別の部屋から運ばせたらしい。これなら寝ながらでも泣いている私の涙を無駄にすることがないから、ということらしい。

「ユリア様が眠っている間、隊長の手がユリア様から離れないように私が責任を持って見ています」

「オレも！　オレも見ますよ」

勢い良く手を上げるジョナスをタマラが冷ややかな目でにらみつける。

「ユリア様がお休みになっているところを、ジョナス様に見せるわけにはいきません！」

「そんな！」

タマラとジョナスが言い合う横で、アルトが並んだベッドを見ながらとんでもない提案をする。

「いっそテオとユリア様が同じベッドで寝ればいいんじゃない？　だって二人は婚約しているわけだし」

「副隊長、な、なんてことを……」

「アルト様!!」

ジョナスが顔を真っ赤にする横でタマラがアルトに食ってかかる。そんな皆のやり取りを見て、私は本当に久しぶりに少しだけ笑うことができたのだった。


皆のおかげで心と身体が少し軽くなったけれど、そこからさらに数日経《た》ってもテオはまだ目を覚まさなかった。私は今日もベッドサイドに座り浄化し続ける。浄化の手ごたえはあるのに、目の前のテオの呪いにはまるで変化が見えない。

(もしかして、私の力はもうなくなってしまったの？)

不安に駆られて聖水に力を分け与えてみれば、ちゃんときらきら輝きだしたので、聖女の力を失ったわけではないらしい。

(私の力じゃ魔竜の呪いは浄化できないとか？　……ううん、アルトの呪いはちゃんと浄化できたじゃない)

目を覚まさないままのテオを見ていると、不安で胸が押しつぶされそうだ。拭いきれない不安を振り払うように、私は何度もテオに話しかける。

「ねぇ、テオ……すべて話すって言ってくれたじゃない。あなたは私になにを言いたかったの？」

私が何度も問いかけたからか、そばで聞いていたタマラがなにかを思い出したように口を開いた。

「そういえば、テオドロス隊長はユリア様にもっとわがままを言ってもらいたい、とおっしゃっていました」

「え？　わがまま？」

「はい。私がユリア様の侍女になった頃、私はまだろくに仕事ができませんでしたが、テオドロス隊長はそれでもいい、と。仕事はこれから覚えればいいから、なにがあってもユリア様の味方になってあげて欲しい、なんでも我慢してしまうユリア様がわがままを言えるようにしてあげて欲しい、と。そう頼まれました」

「テオがそんなことを？」

「いま水晶宮に仕えている者はみんなそうです。皆、ユリア様を心から大切に想《おも》う者ばかりです。そういう者を、テオドロス隊長が自ら選ばれました。テオドロス隊長はずっとずっとユリア様のことだけを考えて、ユリア様にとって一番いいように手を尽くしてきたんです」

「そんな……テオ……」

「聖女であることが変えられないのなら、せめて少しでも過ごしやすくなるようにと、それだけを考えておられました」

そこで私はマウリッツ殿下の言っていたことを思い出す。テオは聖女にまつわる様々な決まりを変えるために英雄候補となり、さらに私のそばにいるために護衛騎士になったのだと。

「テオ……あなたがすべて変えてくれたの？　それなのに私、なにも知らなかった……。なにも知らなかったのよ」

テオを見ても、苦しそうに顔を歪めているだけでちっとも目を開けてくれない。

「私、なんにも知らないで、あなたに文句ばっかり言っていたわ……」

「相変わらずテオは言葉が足りなすぎますね」

アルトが苦笑する横で、ジョナスも神妙な顔をしてうなずいている。

「もしかして、アルトやジョナスもテオになにか言われていたの？」

「僕は寄宿学校を卒業する時に、一緒にユリア様の護衛騎士になって欲しいとテオに頭を下げられました。そしてもし自分になにかあったら、その時はユリア様を頼むと」

「オレは護衛騎士になる時に、どんなに能力が高くてもユリア様のことを一番に考えられる者でなければ護衛騎士は務まらないと隊長に言われました。万が一、英雄になることがあっても決してユリア様を悲しませるようなことはしないと誓え、とも」

「テオが……」

タマラにも、アルトにも、ジョナスにも、テオは皆に私のことを頼んでいたらしい。

(私のために……？)

テオの深い献身を知って胸が痛くなる。

「ねぇ、テオ……。どれだけあなたは手を尽くしてくれたの？　どれだけ私に与えてくれたの？」

そして、どれだけ私のために犠牲になったのだろうか。犠牲――と気づいたら、ギクリと身体がこわばった。血の気のない真っ白な顔のテオを見ながら、どんどん背筋が冷たくなっていく。テオは私を聖女にしてしまったのは自分のせいだと悔やんでいた。自分を責めていた。だから責任を感じて、だからこんな無茶をしたのだ。

(私を護るために婚約までする人だもの。テオが今こんなに苦しんでいるのは、みんな私のせいだわ。私が聖女になんてなったから……。そうこれは、テオのせいなんかじゃない)

テオに言われてからずっと考えていた。もしかしたら私には聖女にならない道もあったのかと。でも魔獣に襲われた時のことを思い返せば、まだ聖女の証が現れる前だったのに魔獣は私を襲わなかった。きっとあの時にはもう、私は聖女だったに違いないのだ。

(だから私が聖女になったのはテオを助けたせいなんかじゃない。それなのにテオは勘違いして……。私にはテオにここまでしてもらう価値なんてない)

テオに申し訳なくて、また涙があふれてくる。あふれた涙でテオの手を濡らす。

(このまま私の身体が全部涙になって、テオを助けられたらいいのに)

テオを助けられるのなら。このまま全身が涙となって消えてしまっても良かった。

「テオ……テオ……ごめんなさい……私のせいで……。もういいの……もう私のためになにもしなくていいから、お願いだから目を覚まして」

すると私の頰に触れているテオの手が、ほんの少し震えた気がした。テオの硬い指先がゆっくりと私の頰をなぞる。

「テオ……?」

テオの顔を見れば、苦しそうに顔を歪めながらもわずかにその目が開く。さらに口を動いたように見えて、あわてて耳を近づけた。かすれて今にも消えてしまいそうな声を耳が拾う。

「泣き虫ユーリ……また泣いてるのか……」

「テオ!!」

「いいよ……俺の前では好きなだけ泣いていい……」

テオは私の頬をひと撫《な》でするとと弱々しくほほえんだ。そしてすぐにまた目を閉じ動かなくなってしまった。

「テオ……テオ……!」

しかし、これまでどれだけ私の涙に触れても光らなかったテオの身体が、ほんのわずかだけど光をまとい始めた。その光は私の涙に触れるたびに少しずつ広がっていく。呪いが、魔竜の呪いが、ようやく浄化され始めたのだ。

「アルト……! アルト! お願い、お医者さまを呼んできて」

私は勢いよく椅子から立ち上がった。しかしその途端、目の前の景色がぐるりと回りだす。

「あ……っ」

アルトとジョナスが駆け寄ってなにかを言っていたような気がするが、聞き取れなかった。そして私はそのまま目の前が真っ暗になって意識を失ってしまった。

◇◇◇

どうやら無理がたたったようで、テオが目を覚ました日から私は高熱を出して寝込んでしまった。熱にうなされながら見る夢はいつも悪夢だった。夢の中で魔獣に襲われる私を、幼いテオがかばって血を流し倒れるのだ。テオにすがりついて泣いていると、そのうち魔獣の姿が膨れ上がって魔竜となり、血の海に倒れたテオの姿も大人のものになる。そして私がどれだけ涙を流しても、テオは決して目を開けることはなかった。血まみれのまま冷たくなっていくテオの生々しい感触が恐ろしくて泣きながら飛び起きると、隣で寝ているはずのテオの姿がない。

「っ!! テオ……っ! テオ……」

「ユリア様、大丈夫です。テオが……テオドロス隊長も回復に向かっていますよ」

倒れた私は自分の部屋のベッドに寝かされていた。しかしそんなことを知らない私は取り乱して悲鳴を上げる。看病をするタマラがなんとかなだめてくれるのだが、私は泣きじゃくりながらまた意識を失うように眠りに落ちる、というのをくり返した。

私の様子を聞いたテオが見舞いに来ようとしたらしいのだが、テオ本人も回復しきらない身体では自由に動けず、私の意識がある時に会うことはできぬままさらに数日が過ぎた。ふと目が覚めた時、私のそばについていてくれたアルトがテオの様子を教えてくれた。

「テオもユリア様に会いたがっているんですけど、ずっと寝たきりだったからなかなか思うように

動けなくて。あなたに会えないせいでずっと不機嫌ですよ。いま必死に見舞いに来られるよう努力しています」

けれどずっと悪夢ばかり見ていた私にはアルトの話すテオの方がまるで夢の話みたいで、まったく実感がわかなかった。

(本当にテオは助かったの？　助からなかったテオが本当なのではないの？)

眠るたびに助けられないテオの姿を見すぎて、もうなにが夢でなにが現実かもわからない。そしてようやく私の熱が少し落ち着いてきた頃、起き上がれるようになったらしいテオがお見舞いに来てくれることになった。

「失礼します」

アルトとジョナスに両側を支えられながら、テオが部屋に入ってくる。テオが歩いている。少し身体が細くなったようで、顔色もまだ悪い。テオは私を見て眉間に深いシワを寄せると、ほんの少しだけふらつきながらベッドサイドに跪いた。

「ユリア様、ご心配をおかけして申し訳ありませんでした。俺はもう大丈夫です」

一人では歩けないくせに、大丈夫なんかじゃないのに、やっぱり平気なふりをする。私のために無理をするテオなんて、もうこれ以上見たくなかった。

(もしまた私になにかあったら、今度こそテオは死んでしまうかもしれない)

涙が次から次へとあふれ、テオの姿が涙でにじむ。

「うっ……テオ……ごめんなさい……ごめんなさい……」

涙と共に額がひどく熱を持つ。目をつぶれば、今もありありと血塗れのテオの姿が頭に浮かぶ。テオは無事のはずなのに。私のせいで、またテオを失うかもしれなかった。このままじゃ、きっとまた同じことが起こるだろう。それがとてつもなく恐ろしい。

「ユリア様、あなたが謝ることはなにひとつありません。あなたのおかげで助かりました」

「いいえ……。私が……私のせいで、ごめんなさい……！」

泣きじゃくる私を見ながら、テオが困ったように私の涙を拭う。

「テオ……隊長……あなたにお願いがあるの……」

「なんですか。俺にできることならなんでもします」

もう二度とこんなことが起きないように、これ以上テオが私の犠牲にならないように、私はテオから離れないといけない。私はしゃくりあげながら願いを口にする。

「婚約を……破棄して欲しいの……」

私の涙を拭っていたテオの手が止まる。

「……なぜですか」

「あなたとは結婚できない……。もういい……もういいの……」

まともな説明もできないまま、私はただ泣きじゃくった。私の涙に触れて光をまとったテオは、頬からゆっくりと手を離す。

「わかりました。それがあなたの願いなら」

テオはそれ以上なにも言わなかった。

◇◇◇

重苦しい雰囲気のまま、私たちは北の地から水晶宮に戻ってきていた。あれ以来、テオとはほとんど話をしていない。帰り道の途中で私がまた熱を出してしまったせいもあるし、王都に帰ってきてからのテオはしょっちゅう王宮に呼ばれて、ほとんど水晶宮にいないせいもある。アルトも忙しくしており、私のそばにはだいたいジョナスがいてくれた。魔竜を倒してからは魔獣が現れることもなくなり、そうなると聖女の私にできることなんてなにもない。いずれ私につく護衛騎士もいなくなるのだろうか。

（そうしたら私はどうなるんだろうな……）

窓際の椅子に座りぼんやり外をながめていると、ノックの音が聞こえた。

「失礼します」

ジョナスの開けたドアから入ってきたのは、アルトだった。アルトはなにやらジョナスへの言伝《ことづて》を預かっていたようで、それを聞いたジョナスはアルトに私を任せて部屋から出て行った。窓際の椅子の背に手をかけて、アルトが私の顔をのぞき込んでくる。

「テオが落ち込んでいましたよ」

水晶宮に戻ってこないテオと違って、アルトは忙しい中でもこまめに私のところまでやってきてくれる。そしてその度に私にテオの様子を伝えてくるのだ。

「まさか……。テオはね、私に責任を感じているだけよ。私が聖女になったのは自分のせいだって」

「そうですね」

「でもね、それはテオの勘違いなの。だからもうこれ以上、テオが責任を感じる必要はないの。早く私から自由になって欲しい」

「だから婚約を破棄したいと言ったんですか？　テオのため？」

それがテオのためかどうかはよくわからない。けれど、こんなことが間違っているのはわかる。

「私にできることなんてそれしかないもの」

「あなたにできること……ねぇ？」

アルトが言いたいことを飲み込むそぶりをしながら、あごに手を当てる。

「なによ。あなたはテオの味方でしょ。テオが自由になったんだから、もっと喜べばいいのに」

「うーん、僕は別にテオの味方じゃないですよ？　それにユリア様がそんなに落ち込んでらっしゃるのに、喜べません」

「落ち込んでなんてないわ。あんな意地悪ばかり言って、いつも不機嫌な顔をしている人と結婚しないですんでせいせいする」

プイと顔を逸《そ》らして精一杯の意地を張るが、語尾が少し震えてしまった。

「テオがあんな不機嫌な顔をして、意地悪なことを言うのはあなたにだけですよ」

「え……っ！　それは……私がテオに嫌われているってこと？」

たとえそれが責任感からだったとしても、テオに大切に想われていたと感じたのは私の勘違いだったのだろうか。もう離れると決めたのだから、今さらどう思われたっていいはずなのに。

アルトの言葉が胸に突き刺さり、じんわりと涙が滲《にじ》みでてくる。あまりにも泣き続ける日々を過ごしたせいで、私の目は壊れてしまったみたいだ。

(こんなに涙が我慢できなくなるなんて……)

うつむいて膝の上で握った手を見て涙を堪《こら》えていると、アルトの苦笑する気配がした。

「あなたはテオの前では少しだけわがままになる」

「え……？」

「そしてテオもあなたの前では取り繕うことができない。お互い甘えているのでしょう……だから喧嘩《けんか》になる」

「テオが甘えて……？」

思いもよらないことを言われて顔を上げると、アルトは口元にほほえみを浮かべながらも困ったように眉を下げる。そして少し屈《かが》んで目線を合わせると、私の目をまっすぐにのぞき込んだ。

「テオのことが好きでしょう？」

「え……」

アルトがあまりにも優しくこちらを見てくるものだから、適当にごまかすような言葉は口にできなかった。だって、この気持ちはアルトが私に気づかせてくれたから。

「……そうね。私はテオのことが好き」

「では婚約破棄したいなんて言わなければ良かったのに」

優しく諭すような言葉がするり心に入り込んできて、気づいたらほろりと涙が落ちていた。

「あぁ、女性を泣かせるのは心が痛みますね」

床に膝をついたアルトが私の頬を伝う涙を拭う。すぐにアルトの身体がきらきらと光をまとった。

「怖いの……」

「なにがですか？」

「テオが……私のせいで死んでしまったらと思うと……。だって、テオは、私のせいで二度も死にかけた……」

「あぁ、なるほど。だからテオから離れようと？」

「テオが好きに泣いていいって、笑っていいって、そう言ってくれたから、私はもうそれだけでいいの……テオには幸せになって欲しいから……」

ほろほろと落ちる涙を、アルトは黙って拭ってくれる。これ以上泣いてアルトを困らせないように、私は瞬《まばた》きをして涙を止めた。

「それでテオとの婚約を破棄して、ユリア様はどうされるんですか？」

「どうもしないわ。このまま一人で生きていくわよ」

「魔竜亡き今、聖女としてこのまま大切に扱われるかわかりませんよ？」

アルトの言う通りだ。だからといってテオのいるニーラント公爵家に戻ることはできないし、母のいない伯爵家にだって戻りたくない。

「そうね……。もしここを追い出されたら、どこかで働いて生きていくわ」

「あなたにそれができるとは思いませんが」

「うるさいわね。なによ、そんな意地悪ばっかり言って。まるでテオみたい」

確かに幼い頃から聖女として水晶宮で過ごしてきた私が、急に外の世界へ追い出されてもなにもできないだろう。それでもどこにも行くあてがないのだから、どうにかするしかないのだ。不満気に下唇を噛《か》むと、アルトが膝の上に置いた私の手の上に自分の手を重ねた。

「ユリア様、僕と結婚しませんか？」

「……はい？」

冗談だと思いまじまじと顔を見つめ返したが、アルトはいつものほほえみを浮かべている。

「もしあの時、ユリア様が僕を受け入れてくださっていたら、僕は英雄となってあなたと結婚するつもりでした」

「あなたが？　私と？」

「ええ。そんなにおかしいですか？　別にテオを挑発するためだけにあんなことをしたわけじゃありません。本気で英雄になる覚悟はあったし、あなたを幸せにできる自信もありました。聖女の力さえもらえればそれでいいと思うほど、薄情じゃないつもりです」

「あの、別に、あなたが薄情とか、そういう意味じゃなくて……。アルトが優しいのはよく知っているけど、でも……あなたは私を好きなわけじゃないでしょう？」

アルトはいつだって優しいけれど、私に特別な想いを寄せているとは思えなかった。

「うーん、確かにあなたがテオを想うような気持ちとは少し違うかもしれませんが、僕はユリア様のことを好ましく思っていますよ。それこそ結婚して一生を共に過ごしたいと思うくらいには。どうでしょう、僕たちいい夫婦になれると思いませんか？」

「えっと、でも……でも、私は……」

いきなりの提案に驚いて言葉がうまく出てこない。だって、アルトは私の気持ちを知っているはずなのに。

「別にずっとテオのことが好きなままでもいいですよ」

「え!?」

「昔からテオのことが好きなユリア様を見てきたので今さらです」

「そんな……そんなの……あなたに悪いわ……」

「一度は自分の手で幸せにしようと思った方が不幸になるのを見るのは忍びないですから。僕の手を取って下さるなら、全力であなたを幸せにすると誓います。お返事はいつでも構わないので、ゆっくり考えてみてください」

アルトは私の手を取り指先に軽く口づけを落とすと、柔らかなほほえみを私に向けた。

◇◇◇

いきなりのアルトの求婚に混乱した私は、少し一人になって考えたくて礼拝堂に向かっていた。

すると、廊下の向こうにテオの姿を見つける。すぐにテオも私に気づき、早足でこちらに近づいてくる。

「ユリア様」

「テオ！」

テオはやけに険しい顔をしている。私はこんなぐちゃぐちゃな気持ちでテオと話すことなんてできないと思い、急いで礼拝堂の中に入った。

このまま聖女の力で閉じこもってしまおうと扉を閉めかけたら、隙間からテオがその場にうずくまるのが見えた。

「うっ……」

テオが胸を押さえて小さく呻《うめ》き声をあげている。あわてて扉を開けてテオの元に駆け寄った。

「テオ！　大丈夫？　どこか痛いの？　私、お医者さまを呼んでくるから待ってて」

まさかまだ魔竜の呪いの影響が残っていたのだろうか。医者を呼びに行こうと向きを変えたところで、いきなり腕をつかまれた。

「捕まえた」

「え……？」

うずくまっていたはずのテオが私の手をつかんでいる。

「逃がしませんよ。ユリア様、少し中で話をしましょうか」

「な……」

驚いている私を無視して腕を引いたまま礼拝堂に入ると、テオはそのまま勢いよく扉を閉めた。

そして礼拝堂の中にあるベンチの端に私を座らせると、そのすぐ隣に座り私の逃げ道をふさぐ。テオは眉間に深くシワを寄せて顔中で、いや身体中で不機嫌を表していた。

「アルトと婚約するつもりですか？」

「え！　アルトに聞いたの!?」

ついさっき求婚されたばかりなのに、アルトはもうテオに話してしまったのだろうか。するとテオはチッと舌打ちをして、私の頬に手を伸ばして顔を近づけてくる。テオの顔が触れてしまいそうなくらい近い。

「な、なに？」

「あいつに涙を拭わせましたね」

「え、えぇ……」

「これからはあいつの前で泣くつもりですか？」

テオは私の涙の痕を確認すると、ひどく怒ったような目を向けてきた。こんなあからさまにイラついた顔を見せることなんてこれまでなかったのに、いったいどうしてしまったのだろうか。さっきみたいに騙《だま》すような真似だって、まるでテオらしくない。私の腕を握るテオの手に力が込められる。

「んっ……ねぇ、隊長。急にどうしたの？　少し腕を緩めて？」

「まだ俺とあなたは婚約中ですから、アルトとは婚約できませんよ」

テオは手を緩めることなく、吐き捨てるように言った。確かに魔竜討伐の後始末などで忙しく、婚約破棄の話はまだなにも進んでいない。

「それは、でも、あなたから陛下に伝えてくれればいいじゃない」

「嫌です」

「え？」

「嫌だと言いました」

さらに腕を握る力が増す。痛くはないけれど、妙な迫力があって少し怖い。

「あの、どうして？　陛下には私が頼むよりあなたからの方が話は早いでしょう？」

「俺があなたとの婚約を破棄したくないからです」

「え？　え？　どうして……？」

「あなたと結婚したいからです」

「でもあなた、私と結婚する気はないって言っていたわよね？　それにこの前だって『わかりました』って言ったじゃない」

「あの時とは事情が変わりました」

テオがふてくされたようにぷいと横を向いてしまう。それはまるで子どもが駄々をこねているようで、やっぱりテオじゃないみたいだ。

「私、あなたに同情ならいらないって言ったはずよ」

横を向いていたテオは私の方に顔を戻すと、ずいと身体を寄せて迫ってきた。赤褐色の目が私の目をのぞきこみ、さらに腕に指先が食いんでいる。

「同情なんかじゃありません。あなたはアルトが好きなんですか？　俺では駄目ですか？　あいつと俺では何が違いますか？」

「痛い！　ちょっと、隊長……待って！　あなた、いったいどうしたの!?」

「なんで今さら、俺のことを隊長って呼ぶんだ!!」

「……テオ？」

大きな声を出したら少し冷静になったのか、テオは肩で息をしながらわずかに手を緩めてくれた。そして私を見つめながらせつなげに目を細める。

「俺のことが嫌いですか？」

テオの声が弱々しく震えている。私の腕をつかむ指先も。どうしてだろう。さっきからずっと、テオが初めて見る男の人みたいだ。テオは私より大人で、余裕があって、いつだって自信満々だったのに。胸の奥がざわついて落ち着かない。テオの目はなにかを訴えるように、私の目をまっすぐ見つめている。こんなすがるような視線を向けられたら、ちっとも目を逸《そ》らせない。

「……私、あなたのことを嫌いじゃないって言ったわ」

「でも俺のことが大嫌いだと、顔も見たくないとも言いました」

「あ！　あれは、だって、あなたが私にひどいことを言うから……」

「俺にはあなたの気持ちがわからない。だからあなたが望むのなら一度はあきらめようと思いました。でも……」

テオが私の腕をグイと引いて、そのまま広い胸の中に私を収めて抱きしめる。

「きゃっ！」

テオは私を強く抱きしめながら髪に顔を埋《うず》めた。

「あきらめられるわけがない。だからみっともなくあなたに縋《すが》りつきにきました」

「すがる……って、そんな」

「前に全部お話しすると言いました」

「え、えぇ」

「せめてそれだけでも聞いて。ユーリ、俺がどれだけあなたを大切に思っているか。そしてあなたを……どれだけ愛しているか」

「あ、あい……！」

愛しているなんて、ふざけて言うような言葉じゃない。しかし抱きしめられた私にはテオの胸の激しい鼓動が聞こえていて、それはまるでテオの言葉が真実だと言っているみたいだった。

「テオ……？」

胸の隙間から顔を上げて見れば、テオはいつものように眉間に深いシワを寄せた不機嫌そうな顔をしている。それなのになんだか今にも泣きだしそうに見えて、それはやっぱり初めて見るテオの顔だった。

◇◇◇

どうか最後まで聞いて欲しいと前置きをしてから、テオはゆっくりと喋《しゃべ》りだした。

「俺はあなたに出会う前、王太子になれと言われて親元から引き離された。それなのにマウリッツ殿下が生まれたら、すぐに必要なくなったと捨てられた」

「捨てられただなんて……」

「もちろん今は違うとわかっています。でもあの頃はそう感じていた」

テオが自嘲《じちょう》するように笑う。こんな笑い方だって初めて見る。それにテオの口から王太子教育を受けていた頃の話を聞くのも初めてで、これまで王太子の立場に未練がある素振りなんて見せなかったから、なにも気にしていないのかと思っていた。

「誰にも必要とされていないんだと勝手にひねくれて、あなたに初めて会った時も八つ当たりをして泣かせてしまった。情けないくらい子どもだった。でもあなたはそんな俺の名を呼んで、全力で駆けてきて、そして俺を必要としてくれた。あなたが俺の前でだけ泣いて心を許してくれることで、俺はずっと満たされていたんです」

テオの声が耳の中に柔らかく落ち、胸の奥に染み込んでいく。ずっと泣いてばかりいた私は、テオに一方的に迷惑をかけているだけだと思っていた。

(でも、そうじゃなかったの?)

テオの言うことが全然ぴんとこなくて不思議な気持ちで見上げると、昔のように優しく頭をなでてくれる。大好きな大好きなテオの手。

「本当は、俺はあなたがもっと色んな人に心を許せるようにするべきだった。だけど俺の腕の中でだけ涙を流すあなたを、誰にも渡したくなかった。あなたの心を俺だけのものにしておきたかった。俺の自分勝手なわがままのせいで、あなたが受け取れるかもしれなかった多くの物を俺は奪ってきたんだ」

違う、そんなことない、と小さく首を横に振る。

「だって私はなにも奪われてなんていない。テオに与えてもらってばかりで、幸せしかなかったもの」

少しでも私の想いを伝えたくてテオの服をギュッとつかむと、テオは私の頭をなでながらゆっくりと髪をすいて指にからめる。

「俺も幸せだった」

「本当に？」

「あぁ。だがそんな時間も長くは続かなかった。俺はあなたから奪ってしまった物の代わりに、誰よりもあなたを幸せにしなければいけなかったのに」

テオの指からするりと髪がこぼれ落ちる。髪に触れる手はどこまでも優しいのに、それが責任感からなのかと思うと胸がつきんと痛む。私を見るテオの目が後悔で歪められる。

「あなたが魔獣に襲われたあの時、俺が弱いせいであなたを聖女にしてしまった。俺が呪われなければあなたは聖女にならなかったかもしれない」

「っ！　それはあなたのせいじゃないわ！　だって、あなたのことがなくても、私は聖女になっていたはずだもの。あの時には私はもう聖女だったわ」

だからもうこれ以上、テオには責任を感じて欲しくない。しかしテオは不機嫌そうに眉間に深いシワを刻む。

「だが俺の呪いを浄化しなければ、あなたが聖女だと誰にも知られずにすんだかもしれない。あんな人前で力を使ったせいでごまかせなくなった」

「えっ!?　もしかして、聖女にさせてしまったって、そういう意味だったの？」

「俺を助けようとしなければ聖女の証が現れることも、それが皆に知られることもなかったはずだ。そうすればいくらでもやりようがあった」

悔しさのにじむ声を聞きながら、あまりの内容に頭がくらくらした。

（まさかテオが、聖女《わたし》の存在を隠そうとしていたなんて……）

国を欺くようなことを真面目なテオが考えていたなんて、まるで信じられなかった。でも嘘がつけないテオの言うことなので、本当なのだろう。

「小さな頃からあなたはずっと辛い思いをしてきたんだ。誰よりも幸せにならなくてはいけなかった。それなのにまさか聖女になるなんて……」

「だから……あなたは聖女の決まりを変えてくれたの？」

「聖女の決まりを変えたのはそれだけが目的ではないが……でも、それも俺の独りよがりだった。あなたになにも知らせずにいることが、あなたの幸せだと決めつけて、結局俺はあの時もあなたを傷つけた」

「……そうね」

あの時——私がテオに抱いてくれと頼んだ時のことだとすぐにわかった。あの時の私は聖女の力の真実を知って、テオが私と婚約したのはただ聖女の力が欲しいだけなのだと悲しくなった。でも婚約が私のためだとわかり、今度は同情して憐《あわ》れまれていたのかとみじめになった。でも、全部、全部、そうじゃなかった。

「ちゃんと話してくれれば良かったのに」

そうすれば私だって、あんなふうにテオと言い合いをしないですんだかもしれない。

(それでもテオに助かって欲しくて、抱いてと頼んだ気はするけれど)

「今思えば、あなたのためだなんて言って本当は全部自分のためだった。あなたに本当のことを知らせて、俺以外の者を英雄に選んで欲しくなかったんだろう。もしあなたが誰かを選んでそれが英雄に相応《ふさわ》しい者だったら、俺には止めることができないから」

「英雄に相応しい者……」

テオが眉間にシワを寄せて見慣れた不機嫌な顔を見せる。

「ええ、マウリッツ殿下に……アルトやジョナスも」

「殿下だけじゃなくて、アルトとジョナスもなの?」

マウリッツ殿下と私が近づくのを嫌がっていたらしいとは聞いていたけれど、アルトやジョナスには私のことを頼んでいたのだから、まさか嫌がっているとは思わなかった。

テオは眉間のシワをいっそう深くして、私を抱きしめる腕に力を込めた。

「あなたは俺よりよっぽどアルトとジョナスに気を許していたじゃないですか。殿下よりむしろあいつらの方が可能性はあった」

テオがふてくされたように目を逸らす。

「でもそれなら、どうしてあなたが相手じゃダメだったの？　私はあなたに抱いて欲しいと、英雄になって欲しいと何度もお願いしたわ」

そうだ。私に他の人を英雄に選ばせたくないと思うくらいなら、あの時私を受け入れてくれても良かったじゃないか。

「あなたが傷ついたりしないように、他の誰にも身体を差し出さないですむようにしているのに、俺がそれを破ってどうする。俺はあなたがこれ以上ひとつも傷つくことなく、あなたを幸せにしてくれる相手に託すつもりだったんだ！」

「傷つくとか傷つかないとか、そんなの勝手に決めないでよ！　それであなたが死んでしまったら、私がどれだけ傷つくと思うの!?　それに私の幸せは私が決めるわ」

「俺になにかあっても代わりがいるから、あなたが傷つくとは思わなかった」

「なによそれ……。あなたが勝手に私の気持ちを決めないでよ！　あなたは全然私の気持ちなんてわかってない」

「あなただって俺の気持ちをなにもわかってないだろ！」

「わかっているわよ！　私に悪いと思って、だから責任を取ろうっていうんでしょう！　私はそんなの求めてない」

ぐいとテオの胸板を押し返して、そのまま腕の中から抜け出そうとしたら、させまいとするように強く抱きしめられた。

「違う。責任感なんてそんないいものじゃない。俺の気持ちはそんな綺麗《きれい》じゃない。もっと自分勝手な醜いものだ」

「ちょっと、テオ！　放して！」

全力で抜け出そうとするが、テオの腕の力が強くてびくともしない。

「アルトがあなたを押し倒していたのを見て、ようやく自分の気持ちに気づきました。俺はあなたの兄なんかじゃない。あなたを誰にも渡したくない。他のどんな男にだって渡せるわけがない」

肩を抱く手は痛いくらいで、顔も胸板に強く押しつけられてしまっている。

「相手がアルトじゃなかったら、あなたが止めてもあの場で殺してましたよ」

急に声が一段と低くなって、その殺気に当てられて背筋がぞくりと震える。いったいどんな顔でこんなことを言っているのかと思うけれど、身動きが取れず顔を上げられなかった。

「……っ！　でも、でも、あの時もあなたは私を抱かなかったじゃない……だから、私は……」

「あなたに嫌いじゃないと言われて心が揺れました。でもあの時あなたを抱いていたら、英雄の力を求めて、命を惜しんで、あなたを抱くような男だと思われるでしょう。そんな男だとあなたに思われたくなかった」

「そんな……そんなことに命を賭けないでよ！　あなたが心配だったのに。死んでしまったらどうしようって！」

「そんなことじゃない、大事なことです。あなたに心配をかけたことは謝ります。それでも俺は聖女とか英雄とか関係なく、ただそのままのあなたが欲しかった。そんなものに俺の気持ちを邪魔されたくなかった」

「なによ……なによそれ……命よりも、私がどう思うかが大切だなんて……」

そんなバカな話はないと思うのに、信じられないほどの激しい想いをぶつけられているのを感じて頬が熱くなってしまう。

「魔竜を倒して、やっとなんの憂いもなくあなたに愛を伝えられると思ったのに。まさかその前にあなたから婚約解消したいと言われるなんて思いませんでした」

頭の上でテオが自嘲気味に吐き捨てる。

「っ！　それは、だって……あなたは私といると無理をするから！」

「俺は自分にできる範囲の無理しかしていません」

「死にかけたくせに、どこが自分にできる範囲の無理よ！」

「でも死んでない」

「私がいなかったら死んでいたわよ!!」

あんなに心配させておきながら、まるでこりてないようなことを言うものだから、思わず声を張り上げた。しかし私の言葉を聞いて、テオの身体からふっと力が抜ける。

「……そうですね。あなたがいたから俺は死ななかった。あなたのせいで無理をしたのではありません。あなたがいたから、今ここに俺がいるんです」

テオは私の額に微《かす》かに触れるか触れないかの口づけを落とした。

「あなたのおかげです」

「でも……それは、たまたま運が良かっただけで……」

「いいえ。あなたが皆を助けようと心を砕いてくださったからです。あなたがその力を献身的に捧げてくださったから、俺も皆も無事にここにいるんです」

「テオ……」

「あなたのように優しくて心根の美しい方には、俺みたいに卑怯《ひきょう》で自分勝手な男は相応しくない。きっとあなたには、俺なんかよりももっと相応しい人がいます。だからあなたに婚約を破棄したいと言われて、一度は受け入れるつもりでした。あなたの手を放すつもりでした」

「じゃあ、どうして……」

それならなぜ今、ここでこうして私を抱きしめているのか。そんなに柔らかい声を出し、優しい口づけを落としたのか。抱きしめていた腕をテオがゆっくり解《ほど》いていく。顔を上げれば、赤褐色の目がすがるように私だけを見ていた。テオの手が私の頬を包む。

「でも、俺を幸せにできるのはあなただけだ」

「……え？」

「あなたじゃないと俺が駄目なんだ。俺はあなたと一緒じゃないと幸せになれない。だから、あなたが俺を幸せにしてください」

テオの目が切なげに細められた。私の頬に添えられたテオの手が震えている。

(私のため……じゃないの？)

「……もし、私があなたを選ばなかったら、あなたはどうなるっていうの？」

「そうですね。もしそうなったら、一生あなたを想いながら、不幸を抱えて生きていくんじゃないですか」

「なによ……それ……」

「俺はあなたにはなにも縛られずに自由でいて欲しい。そして自由な心で……あなたに選ばれたい」

テオはベンチから立ち上がると、私の前に跪いた。そして私の手を取る。

「ユーリ、あなたを愛しています。俺と結婚してください」

そのままテオの唇が私の指先に触れた。その瞬間、唇から伝わった熱が身体中を一瞬でかけめぐった。全身が燃えてしまいそうなくらい熱い。動揺してなにも言えないでいる私を、テオが上目遣いで見つめた。

「せめて返事をもらえませんか？」

俺を幸せにしてくれだなんて、なんて自分勝手でわがままな言い分だろう。でも、でも——。

「あなたは私じゃないとダメなの？」

「ええ」

「ずっと私と一緒にいたいの？」

「だからここにいるんです」

ただ自分のためだけに私が欲しいなんて、テオがわがままを言ってくれるのが嬉《うれ》しい。テオは私よりずっと大人で、ずっと先を歩いているのだと思っていた。やっと隣に並び立てたような気がする。

（私でもあなたを幸せにすることができるの……？）

嬉しくて胸がいっぱいで涙があふれてくる。しかしそんな私を見て、テオは眉間に深くシワを寄せた。

「泣くほど嫌ですか」

「違う……違うわ……。嬉しいの！」

「ユーリ？」

「だって、だって、本当に私があなたを幸せにできるの？」

「あなたにしかできません」

「一緒にいても迷惑じゃない？　あなたを不幸にしたりしない？」

「あなたを失うことが、なによりの不幸です」

まるで私の迷いを振り払うように、テオが私の手を握りしめた。その強さが、熱が、私に力をくれる。

「じゃあ……私が、あなたを幸せにしてあげる」

涙と共に想いがあふれ出る。テオは息をのみ、ほんの一瞬だけ涙を堪えるような顔をした。しかしすぐにほほえみを浮かべ私を抱き寄せる。

「ユーリ、あなたを愛しています」

テオは私の頬に口づけを落として涙を吸うと、そのまま二度、三度と目じりに口づけを落とした。

涙で濡れた目のままテオを見つめると、テオもまた私を見つめ返す。そしてそのままゆっくりと二人の顔が近づいた。私が目をつぶると唇になにかが触れる。柔らかくてあたたかいもの。うっすらとまぶたを開けると、テオの赤褐色の瞳と目が合った。テオの目の奥に熱い想いを感じて、心が満たされていく。ずっと、ずっと、あなたが欲しかった。

(私の――大好きな人)

熱いため息と共にテオがささやいた。

「俺もあなたを幸せにしたい」

「ううん……もう、幸せ……」

胸がいっぱいでそれしか言えないでいたら、テオが私を強く抱きしめて髪に顔を埋める。テオの広い背中に手を回すと、私の涙に触れたテオの身体が光をまとってきらきらと輝いていた。

◇◇◇

「テ、テオ……あの……」

「なんですか？」

「これ、少し恥ずかしいのだけど」

想いが通じ合ったあと、礼拝堂のベンチの上で私はテオの膝の上に乗せられていた。テオの腕の中でもじもじとうつむくが、テオはまるで気にしないというように私の髪に顔を埋める。

「昔はよくこうやっていたじゃないですか。それに魔竜討伐の前の晩だって」

「それはそうだけ……きゃっ！」

私が話をしようとすると、その合間にテオが髪に、頰に、まぶたに口づけを落としてくるものだから落ち着かない。

「もう！　テオ!!」

これ以上口づけできないようにテオの口を手のひらでふさぐと、今度はその手のひらに口づけを落とされた。

「きゃっ！」

あわてて手を離すと、いたずらが成功したような顔をして笑う。

「すみません。ようやくあなたに触れられて、少し浮かれているようだ」

「あなたが？」

「えぇ」

テオがあまりにも嬉しそうにするものだから、これ以上文句を言えなくなってしまう。それにしてもこれまでずっと忙しそうにしていたのに、こんなに長く礼拝堂《ここ》にいて大丈夫なのだろうか。

「あの、テオ、お仕事は？　あなた忙しいのよね？」

「最近ずっと働きすぎだったので大丈夫です。そんなことよりなるべく早く結婚しましょう。王宮であなたのヴェールの下の顔を知った者たちが騒がしくてうっとうしい」

そう言いながら私の髪をすくって、また口づけを落とす。真面目なテオが仕事を「そんなこと」

呼ばわりすることに驚いてしまう。

「ヴェールの下の顔って、ジョナスを助けた時のこと？」

「えぇ、そうです」

「ふーん……？」

確かにあの時はヴェールをしていなかったので、色んな人に顔を見られてしまった。でもそれでなぜ騒がれるのか、理由がよくわからない。しかし、本当に結婚するとなると気になることがあった。

「でも、結婚なんて本当にできるの？　だってもう魔竜が倒されて聖女の力は必要ないんだから、私たちが結婚する必要はないでしょう？」

「必要だからするんじゃない。あなたといたいから結婚するんです。それとも俺とは結婚できませんか？」

テオが眉間にシワを寄せながら、不安そうにわずかに目を揺らす。

「ううん、嫌じゃないわ……。ただ、反対されるんじゃないかって心配になっただけ」

「俺たちは婚約をしているのに、今さら反対されるわけがない。それに聖女と王家の血筋の者が結婚するのだからなにも問題ありません」

「そうだけど……んっ……」

それでも不安があって顔を曇らせると、テオが私の眉間のシワに口づけを落とした。

「まだなにか心配があるんですか？」

「えっと、えっと、おじさまとおばさまは……」

「俺の両親ですか？　それがなにか？」

「だって、テオは公爵家の後継ぎじゃない。私に公爵夫人なんてきっと務まらないわ……」

「それこそ、あなたが聖女になる前から俺と結婚させようと考えていたくらいですよ？　反対するわけがありません」

それを聞いて、急に私は思い出してしまった。おばさまに私と婚約してはどうかと言われたテオが「絶対に、結婚しない」と言っていたことを。

「そうだわ。あの時、あなたは私となんて絶対に結婚しないって言っていたわよね？」

問い詰めるようにすがりつくと、テオは気まずいのか目を逸らして咳《せき》をしている。

「テオ？」

「あれは……母から言われたら、あなたは断れなかったでしょう？　だから、あなたに無理強いをするなって意味で言ったんです。ずっと周りの大人の都合に振り回されてきたのだから、結婚相手くらい自分で好きな相手を見つけた方がいいと思ったんです」

「私を嫌いで言ったんじゃないの？」

テオが困ったように少し眉を下げて、とろりと甘い視線を私に向ける。

「あなたを嫌いだったことは一度もありません。昔からあなただけが俺の特別だ」

「嬉しい……。私も……ずっとずっとテオが好き……」

するとテオが驚いたように大きく目をみはり、そのまま片手で顔を覆ってしまった。

「……テオ？　どうしたの？」

なぜか顔を覆ったまま動かなくなってしまったテオの顔をのぞきこむと、テオは手をずらして目だけを出して私を見た。そして口を覆ったまま、くぐもったような声でつぶやく。

「すみません。あなたに好きと言われたのが嬉しくて」

「え？　あ！　ごめんなさい。あなたがきちんと想いを伝えてくれたのに、私が伝えなくて」

確かに、私はこれまで一度もテオに「好き」だと伝えたことがなかったかもしれない。よく見ればテオの耳が赤くなっている。私の「好き」だという言葉を心から喜んでくれているのが伝わってくる。

「昔からテオが私の一番で特別だったの。テオが好き……大好き」

もっと喜ばせたくてきちんと目を見て伝えたら、テオの目が嬉しそうに細められる。そして口を覆っていた手をはずすと、私のあごを軽く持ちあげて口づけをくれた。一度離れた熱はすぐにまた戻ってきて、再び唇が重ねられる。驚いて身を引くと、逃げられないように頭の後ろに手を回された。

「ん……っ」

テオの唇が私の唇を何度も優しくついばんでいく。

「あっ……はっ……」

息がうまく吸えなくて苦しくなって顔を背けると、そのままギュッと抱きしめられた。テオの胸が激しく音を立てているのが伝わる。きっと私の胸も負けないくらい鳴っているはずだ。

「父も母もあなたに会いたがっています。ただあまり聖女と親しくして王家に二心を抱いていると邪推されたくなくて、遠慮していたんです。反国王派に担ぎ上げられるわけにはいきませんから」

「そんな……」

「英雄も聖女も、この国ではそれだけ影響があるんですよ」

厳しくも優しかったおじさまとおばさまが、私のことを忘れてしまったわけじゃないんだと知れて良かった。

「おじさまとおばさまにお会いしたいわ」

「二人とも喜びますよ。それに先生も」

「先生？」

「ええ。あなたの家庭教師をしていたあの方は俺の先生でもあったので」

「先生もテオが連れてきてくれたの？」

テオがそうだとうなずく。王太子教育を担当していた先生で、特別に私の教育を頼んでくれたらしい。

「あなたは先生の教えを一通り受けているので、おそらく公爵家でも問題なくやっていけます。あの方なら、あなたがどこの誰に嫁いでも問題ないように教えて下さったはずです」

テオが髪をすくって、あらわになった耳に口づけを落としながらささやく。

「でも、あなたが他の誰かに嫁ぐことにならなくて良かった」

「んっ……ずっと、ずっとテオが護ってくれていたのね」

「いいえ。全然護れてなんていません。あなたには辛い想いばかりさせてしまった」

テオは昔の自分が不満なのか、眉間にシワを寄せて不機嫌そうな顔をする。それはとてもよく見慣れた顔だった。

「ねえ、テオはなんで私の前ではいつも不機嫌だったの？」

「元々、こういう顔なんですよ」

そんなことを問われると思っていなかったのか、テオが戸惑った様子で自分のあごをさする。

「でも、私のいないところではもっと笑ったりしていたわ」

視線の外からこっそりと盗み見たテオは、私以外には笑った顔もしていた。だからずっとテオには嫌われていると思っていたのだ。

「……俺のせいでこんな辛い生活を強いられている人の前で笑えません。俺はずっと自分を許せなかった」

「私に怒っていたわけじゃないの？」

「俺があなたに怒っていることなんてひとつもありません……あ、いや、ありますね」

「え！　な、なに？」

いったい何を言われるのかと緊張してぴんと背筋を伸ばすと、テオは少しイタズラな顔をして頭をポンと叩《たた》いた。

「すぐに未来をあきらめるようなことを言うところと……男の前で無防備に肌をさらすところです」

「ひとつじゃないじゃない！」

思わず言い返したら、テオがくつくつと喉を鳴らして笑う。こんなふうに笑うテオを見るのもやっぱり初めてで、なんだかそれだけでもう胸がいっぱいだ。

「もう、あなたの未来は誰にも邪魔させません」

ポンポンと頭を叩きながら、テオは目を緩めて笑いかけてくれた。眉間に刻まれたシワはまだ残っているけれど、テオが私を見て笑ってくれるのが嬉しい。

「これからは私の前でも笑ってくれる？」

「お望みとあらばいくらでも」

「嬉しい……」

「ところで、あなただって俺の前では全然笑わなかった」

「え？」

「アルトやジョナスとは楽しそうに話すのに、俺に対してはいつも怒っていたじゃないですか」

俺だけ名前も呼ばないで……と不満げに口を尖《とが》らせている。

「それは、だって、テオが私に意地悪なことを言うからで……もしかして、テオも私に笑って欲しかったの!?」

テオがぷいと目を逸らして黙っている。

（黙っているということは、あたり？）

もしかして、もしかすると、テオは少しだけ嫉妬深いのかもしれない。それに思っていたよりもずっと子どもっぽい。でもテオからこんなふうに想いをぶつけられると、なんだか胸の奥がくすぐったかった。

「テオ！　テーオ!!」

「なんですか」

「じゃあ、もっと優しくしてくれたら良かったのに」

「十分していたつもりです」

「そうね。でもちょっとわかりにくかったわ」

「それは……すみません」

そう、テオはいつも不機嫌な顔をして意地悪なことばっかり言っていたけれど、ずっとずっと優しかった。

「テオ、ずっと私を護ってくれてありがとう」

テオは子どもじみた態度をとったことを恥じるように首を小さく横に振ってから、優しい口づけをひとつ落として私を抱きしめた。

「ん……なんだか夢を見ているみたい」

「夢じゃありません」

するとギュッと鼻をつままれ、私が「きゃっ！」と声をあげると口の端を上げて笑われる。今日だけでテオの笑顔をたくさん見すぎて、やっぱり夢を見ているみたいだ。もしこれが夢ならば一生さめないで欲しい。

「もう、テオのいじわる！　あ、そうだ。肌を見せるのはテオの前だけにするね」

つままれた鼻をさすっていたら、グホッとなんだか変な音が聞こえた。

「テオ？」

テオは片手で顔を覆ったまま、また動かなくなってしまった。手からはみ出している耳が赤くなっているが、こんな顔をさせるようなことを言っただろうか。テオはしばらくそのまま動かないでいたが、ひとつ大きく息を吐いてから片手をはずす。そして顔を上げた時にはもう、いつもの顔になってしまっていた。

「さて、そろそろ部屋に戻りましょうか」

「やだ！　なんで？　もう少し二人でいたい……だめ？」

「駄目です。あまりかわいいことを言わないでください。我慢ができなくなる」

「え！　かわいい!?　ね、今、かわいいって言った？　テオ、私のことかわいいって思っているの!?」

テオにかわいいなんて言われたのは初めてで勢いよく食い下がると、テオは少し呆《あき》れたような顔をしてから、そうだよ、と言うように額にキスを落とした。

「昔からずっと思っていますよ」

嬉しくて顔がにやけてしまうが、唇にくれなかったのが物足りなくてわずかに口を尖らせる。

「テオ……」

「そんな顔をしても駄目です。さぁ、行きますよ」

テオは私の不満を無視して、膝からおろそうとする。せっかくの二人の時間が終わるのがさびしくてしがみつくと、テオはため息をつきながらも無理矢理おろすようなことはしなかった。

(だって、このまま離れたら夢から覚めてしまいそうなんだもの)

それにしても「我慢ができなくなる」とは、テオはいったいなにを我慢しているのだろうか。そうして思いを巡らせていると、ひとつのことに思い当たる。

「ねぇ、もしかして……テオは私を抱きたいの？」

私を抱きしめていたテオの身体に力が入って固まってしまった。顔を見れば黙ったまま眉間にシワを寄せている。よく見れば目の縁も耳もさっきよりずっと赤くなっている。

(黙っているってことは……あたり？)

あんなに何度も頼んでも抱いてくれなかったテオが、私のことを欲しがってくれているのかもしれないと思うと身体中が喜びでいっぱいになる。

「我慢しなくていいのに」

「……あなたを傷つけたくありません」

「私、あなたにならなにをされても傷つかないわ。だって、とっくに全部許しているもの。最初にあなたに抱いてくれって頼んだ時、たとえ私のことを好きじゃなくてもテオならいいって思ったの……」

「ユーリ」

「テオにならなにをされてもいいわ」

「やめてください。なんで、そんなこと言うんですか。止まれなくなる」

「テオは私とするの、嫌？」

「嫌じゃないから我慢しているんです」

「これが夢じゃないって、本当のことだって教えて欲しい。テオ……だめ？」

しばらく眉間にシワを寄せて考え込んでいたテオは、私を優しく抱きしめなおすと耳元に口を近づけてささやいた。誰かに聞かれたら困るような、そんなとてもとても小さな声で。

「あなたの部屋では誰が来るかわからない。俺の部屋に来ますか？」

まるで耳から熱を吹き込まれたように身体の芯から熱くなって、おそらく私は真っ赤な顔したまま小さくうなずいたのだった。

◇◇◇

テオは礼拝堂を出て周りの様子をうかがうと、誰にも見つからないように私を抱きかかえながら自分の部屋へと向かった。そして部屋に入るとカギを閉めて、恭《うやうや》しく私をベッドの上に下ろす。

どこもかしこもテオの香りであふれていて、くらくらしてくる。部屋の中に入れてもらうのなんて初めてだから色々見たいと思うのに、テオに抱きしめられてしまえばそんな余裕もすぐになくなった。

「ユーリ」

ベッドの上で抱き合いながら、テオが熱い吐息と共に私の名を呼ぶ。応えるように「好き」とつぶやくとテオの口づけが降ってきた。それが嬉しくて、私は口づけの合間に何度も「好き」とくり返した。テオは唇を離すと私を強く抱きしめて、髪に顔を埋めながらうめくようにささやいた。

「こんな……やはり、やめましょう」

しかしその手は決して私を放さないというように、ぎゅうぎゅうと抱きしめている。想いが通じ合ってすぐに身体を重ねるのは確かに早すぎるかもしれない、でも婚約していた期間を考えれば決して早くないはずだ。

「テオは私と抱きあうの、嫌？」

「嫌なわけがない。今すぐ、あなたのすべてを手に入れたい」

「じゃあ、どうして？」

「これ以上進むと、あなたが嫌がっても止まれないかもしれない。傷つけたくない」

テオがなにかを耐えるように顔を歪めている。でも、傷つけるというのならもう十分に傷つけられた。

「私……もう、あなたに断られたくない」

あんなに勇気を出したのに何度も断られたのだ。さらに今ここで止められたら、この幸せも嘘なんじゃないかって、夢なんじゃないかって、信じられなくなってしまいそう。じんわりと涙が浮かんできて、それを隠すようにシーツに顔を埋める。するとテオが光り出した私の額に口づけを落とした。

「ん……っ」

「わかりました。俺にすべて任せてください」

テオは優しく頭をなでてから、もう一度私の額に口づけを落とし、そしてそのままゆっくりと唇を重ねた。それからのテオは初めての私を傷つけないように、最後までとても優しくしてくれた。

とろけるような甘い時間の後、緩やかな眠りに落ちる中で、私はテオの額に光る証が現れているのを見つけたのだった。

幕間三　ふたつの幸せと、ふたつの祝福～アルトの想い～

「おや、すごい人だ」

よく晴れた青空の下、王都の中央神殿へと続く道の沿道には多くの人が集まっていた。窓から外を見る僕の後ろから、ジョナスもひょいと外をのぞき込む。

「聖女と英雄の結婚式ですからね。一目姿を見たいという人が集まってきているみたいですよ」

中央神殿の大聖堂では、これからユリア様とテオの結婚式が行われる。その際に馬車で街の中心部を一回りして人々に挨拶をすることになっていた。二人が本当に婚約してからの期間を考えると、これだけの規模の結婚式の準備がずいぶんと早く行われたものだと感心してしまう。よっぽど結婚を急ぎたい誰かさんが手を尽くしたのだろう。

「英雄、ねぇ」

聖女の力をすべて授けられた者を英雄というのならば、魔竜を倒した時のテオは英雄ではなかった。だが――。

「結局、人々にとっては魔竜を倒した者が英雄なんだろう。そこに聖女の力は関係ない。そんなことよりアルト、警備の手配は整っているのか？」

本日の主役の一人である英雄のテオが、白手袋をはめている。主役だというのに身支度もせずつい先ほどまで結婚式会場である大聖堂の警備を確認していたところを、僕とジョナスがこの控え室まで連れてきたのだった。

「問題ないよ」

「そうか。今日は陛下もいらっしゃるからな」

聖女と英雄の結婚式は国をあげて行われ、陛下も参列される。陛下から直接祝福を賜《たまわ》り忠誠を誓うことで、聖女も英雄も陛下に逆らう意思がないことを人々にはっきりと示す必要があるのだ。とはいえ、二人にはそんなことたいした問題ではないだろう。

「それにしても今日の君はずいぶんと輝かしいね」

僕の言葉を聞いてテオが眉間に深いシワを寄せてにらんできた。ジョナスも目を泳がせながら口元を押さえ、よけいなことを言わないようにしている。

「アルト。なにが言いたい」

「いや、別に。ただあの日以来、君の輝いている姿を見られなかったから、ちゃんと今日のこの日を迎えられるかみんな心配していたんだよ？」

「アルト!!」

「ハハッ。だってさ、君、あれ以来ユリア様に断られていたんだろ？」

二人が本当に結ばれたあの日、聖女の力を授けられたテオは、ユリア様と同じように額に証《あかし》を浮かび上がらせ光を放っていた。それによって皆は二人が結ばれたことを知ったのだが、それ以来今日までテオの額が輝いたことは一度もなかった。
「やっぱりそうなんですか!?」
ジョナスが驚きの声を上げると、テオが殺気をたたえた目でジョナスをにらみつける。
「なにがやっぱりだ」
「あ、いや、その、お二人の仲はちゃんと大丈夫なのかと、オレも色んな人に聞かれてです
ね……」
しどろもどろになりながらジョナスがなにやら言い訳している。
(ふふ、聖女と交わると額に証が現れるなんて、周りにいつなにがあったのかがすべてバレてしま
って、本当にかわいそうだ)
「ま、テオはユリア様に操《みさお》を捧《ささ》げてきたからね。あんまり我慢しすぎたから無茶をして嫌がられた
んじゃないのかい？　だから僕が教えてあげるって言ったのに」
「アルト!!　よけいなことを言うな！」
「え、操って、隊長って、その、閨《ねや》教育とか受けなかったんですか？　え！　それでユリア様に嫌
がられて……？」
テオの顔からすとんと表情が抜けて、部屋中におそろしい殺気が充満していく。すぐに地を這《は》う
ような声が部屋に響きわたった。
「おい、ジョナス。誰が下手くそだ」
「あ？　いや、別に、そういう意味じゃなくて、あの、その」

テオが真顔のまま腰の剣に手を伸ばす。

「わー！　隊長!!　落ち着いて！」

「ほんと、君は命知らずだね。テオに向かってそんなことを言うとは勇気があるな」

「副隊長～!!」

ジョナスが僕の後ろに隠れるように逃げてきて、今にも血の雨が降るかとなったところで部屋のドアがノックされた。どうやらユリア様の準備が整ったのでテオを呼びにきたらしい。

「テオ。君、そんな殺気のままユリア様のところに行くなよ」

「おまえらのせいだろうが！　あとで覚えてろよ!!」

チッ、と舌打ちをして身支度を整えると、テオはもう一人の主役であるユリア様を迎えに部屋から出て行った。ジョナスがへなへなとその場に座り込む。

「はぁ～死ぬかと思った」

「いやぁ、ちょっと緊張をほぐしてやろうかと思っただけなのにね」

「……別に仲が悪いわけじゃないんですよね？」

婚前交渉することは褒められたものではないが、婚約している間柄ならそこまで文句を言われるものでもない。そう考えると、婚約してからも色々あった二人だからこそ、ジョナスも密《ひそ》かに心配していたのだろう。

「どうせユリア様が皆に知られるのを嫌がったんだろう。テオがユリア様の気持ちを無視できるはずがない」

「それもそうですね。でも、それって大丈夫なんですか？」

「大丈夫、大丈夫。一応、証が出なくなるようにする方法もあるんだよ。ただちょっと時間がかかるだけで」

「あ、それなら良かった」

ホッと胸を撫《な》で下ろすジョナスは本当にお人好しだ。彼も本気でユリア様のことを好きだっただろうに。

「さて、僕たちも大聖堂に向かうよ」

大聖堂に向かう途中、離れたところでテオとユリア様が入場の準備をしている姿が見えた。おそらく緊張しているのだろう、硬い表情をしているユリア様の耳元にテオが顔を近づけた。するとユリア様がうつむきながらぱっと頬を染める。なにか甘い言葉でもささやいたのだろうか。顔を上げたユリア様がテオを見つめて幸せそうにはにかみ、見つめ返すテオの顔もいつになく甘い。常にあった眉間のシワと不機嫌顔はどこかに行ってしまったようだ。幸せそうな二人の姿を横目にしながら、我々も大聖堂の中に入り席についた。

「テオは阿呆《あほう》だよな。最初から両思いなんだから、さっさと抱いてしまえば良かったんだ。そうすりゃあんなふうに死にかけたりもしなかった」

「でも、オレ、隊長の気持ちもわかります」

ジョナスが声をひそめながら隣に座る。

「ずっと、それこそ一生一緒に添い遂げたいと願う相手に、その想いを疑われ続けるって辛《つら》いと思うんですよ。一片の曇りもなく信じてもらいたいじゃないですか」

「へぇ、僕にはよくわからないね」

「副隊長はそうでしょうね」

「君ねぇ……」

朗《ほが》らかに笑いながら言うジョナスは、相変わらず失言がひどい。

「ところでユリア様の護衛騎士隊が解散になって、おそらく君は近衛《このえ》騎士隊に配属されるよ。その時の上司が誰になるか楽しみだね」

「え、まさか、副隊長……なんですか？」

「さぁねぇ。おっと二人の入場だ」

顔色を青くしているジョナスは放っておいて大聖堂に入ってくる二人に目をやると、ユリア様はヴェールを下ろしていて表情が見えなかった。しかし心から信頼するようにテオに身を寄せており、隣を歩くテオはそんな彼女を愛《いと》おしそうに見つめていた。ヴェールの隙間からはルビーの耳飾りが揺れている。テオの髪の色によく似た鮮やかな赤い石は最高級の品質で、ニーラント公爵家に代々伝わるもののはずだ。テオはようやく渡すべき相手に渡すことができたのだろう。

「あーあ、あんなの見せつけられちゃ敵《かな》わないですね」

ジョナスは軽い冗談のように言っているが、おそらく半分は本気だ。

「あきらめられそうか？」

「……隊長がユリア様の力を授かって額の証を光らせていた時があったじゃないですか」

「あぁ」

「あの時、隊長はこれみよがしに額を見せて、『こういうことだから』ってオレのところまでわざわざ言いに来たんですよ」

「なんだ、君のところにも行ったのか」

「副隊長のところにも来たんですか？」

「あぁ」

「あれはすごかったですね。ユリア様みたいにあふれた光をまとって全身を輝かせていて」

テオは額の証を光らせながら、『頼むからあきらめて欲しい』とわざわざ頭を下げに来た。はっきり言わないが、おそらくジョナスにも同じようにしたのだろう。

「で、その後もそのまま仕事を続けて、周りに見せつけていましたよね」

「そうだな」

「他の奴らへの威嚇《いかく》なんだとしても、そのせいでユリア様に拒否されるようになったって……隊長ってやっぱりバカなんじゃないですかね？」

その時のことを思い出したのか、ジョナスが肩を震わせて笑いを我慢している。

「君に言われちゃ、テオもお終《しま》いだな。ま、二人とも拗《こじ》らせすぎてたってことだ。ようやくまとまって良かったよ」

「そうですね。副隊長こそ、あきらめられるんですか？」

「僕かい？」

「だって本気で結婚してもいいと思っていたんですよね」

「まぁね。……僕の初恋は兄の婚約者でね」

「はい？」

「兄と義姉《あね》は今も仲の良い夫婦だよ。ただそれ以来、僕はどうも他に好きな人がいる女性にばかり惹《ひ》かれるようになってしまって。だからユリア様とはいい夫婦になれると思っていたんだけどね。残念だよ」

「……副隊長もなかなか難儀な趣味ですね」

「なんにせよ、僕はテオのことも大事に想っているんだ。これでもね」

「わかります。オレだってそうです」

「おっと、静かに」

おしゃべりをやめて前を向くと、大聖堂のステンドグラスの前で厳《おごそ》かに誓いの言葉が交わされて二人が向かい合った。顔にかかっていたヴェールが持ち上げられて、ユリア様の顔があらわになると、そこかしこで感嘆のため息が聞こえてくる。元々美しい人ではあったけれど、今日は幸せを全身で表しておりなおいっそう美しかった。きらきらと輝く視線はテオだけにまっすぐ向けられていて、テオもまたユリア様だけを見つめている。

（まるで世界に二人だけしかいないみたいだ）

壁に嵌《は》め込まれた大きなステンドグラスから差し込む色とりどりの光に包まれながら、二人は誓いの口づけを交わすのだった。

終章　聖女と英雄

結婚式を無事に終えた私たちは、これまで住んでいた水晶宮《すいしょうきゅう》ではなく、ニーラント公爵家の敷地内の二人のために建てられた屋敷へと帰ってきていた。初夜のためにと侍女たち総出で磨かれた私は、結婚後も私に仕えてくれることになったタマラに送り出されて、緊張した面持《おもも》ちで夫婦の寝室のベッドの上に座っている。すぐに身支度を終えたテオもやってきた。

「ユーリ、お待たせしました。今日は疲れませんでしたか？」

部屋に入ってきたテオが隣に座り、肩が触れ合ってピクリと身体《からだ》が揺れる。

「ユーリ？」

「テオ……！　あの、今日は……するの？」

おそるおそる上目遣いで見つめると、テオが眉間に深いシワを刻んで大きく息を吐いた。

「そんなに俺とするのは嫌ですか」

「違う！　あの、テオが嫌なんじゃなくて……みんなに知られてしまうのが恥ずかしくて……」

勢いのまま結ばれたあの日のことに後悔なんてひとつもない。ただそのあと、テオの額に証《あかし》が出ているのを見た人たちから、生暖かい目で見られたりおめでとうと祝われたりしたのがとてもとても恥ずかしかったのだ。またなにかを言われたらと思うと、恥ずかしすぎて耐えられそうにない。

「あのですねぇ、俺たちは結婚して今夜は初夜なんですよ？　これでなにもしなかったら、そっちの方が問題だってわかりませんか？」

テオは公爵家の後継ぎだ。このままなにもない方が問題になるだろうということはわかる。わかるけど。

「わかってる！　わかってるわよ！　でも恥ずかしいんだもの……」

両手で顔を隠してうつむくと、テオの呆《あき》れたようなため息が聞こえる。今さらこんなめんどくさいことを言って、テオを怒らせてしまったのだろうか。情けなくてじんわりと涙が浮かんでくる。

「めんどくさいことを言ってるのはわかってるわよ。ごめんなさい……」

「ユーリ、おいで」

テオはうつむく私を膝に乗せて優しく抱きしめると、額に柔らかい口づけを落とした。

「謝らなくていいですよ。別にめんどくさいなんて思っていません。ただあの時あなたによけいなことを言った奴らに、少しむかついただけです。あなたが嫌なら何もしません。ただ、証が出ないようにする方法ならあります」

「え！　どうするの!?」

「試してみますか？」

「うん」

私だってテオと触れ合うことが嫌なわけではないのだから、もし証が出なくなるのなら試してみたい。

「では」

テオは私をゆっくりとベッドに横たわらせると、その上に覆い被さった。私を見下ろしながらテオが柔らかな笑みを浮かべている。

「えっと、どうして押し倒してるの？」

「どうしてだと思う？」

「えっと……？」

テオが私の額につと指を滑らせる。

「ん……っ！」

「あなたも聖女の力に目覚めた頃は証が出たままだったけど、力が馴染《なじ》んだ今は制御できている。つまり、制御できるようになるまで、俺にもあなたの力を馴染ませればいい」

「それってつまり……」

テオが私の髪をすくって口づけを落とした。優しく細められたその目の奥には激しい熱情が見え隠れしていている。直接触れられたわけでもないのに、テオの色気にあてられて背筋がゾクリと震えた。

「幸いしばらく休みをもらったので、たっぷり馴染ませようか」

「え……あの……ちょっと……待って……」

顔を近づけたテオが耳元で私の名をささやきながら、耳に軽く口づけを落とした。

「ユーリ……」

「ひゃんっ！」

真っ赤になって耳を押さえると、熱のこもった目をしたテオがまっすぐに私をのぞきこむ。

「俺にこうされるのは嫌？」

テオの目は今すぐにでも私を欲しいと訴えていた。とてもとても恥ずかしいけれど、嫌じゃない。

「ううん……好き……」

「なら良かった」

テオが眉間のシワを緩めてふわりと笑った。笑ってと頼んだあの日から、テオは私を見ていつも笑ってくれる。大好きな、大好きなテオ。テオにされて嫌なことなんてなにもない。

「テオ……」

両手を広げて名前を呼べば、優しく抱きしめてくれた。抱き合ったまま何度も口づけを交わす。

「ん……テオの笑った顔……好き……」

口づけの合間に甘えるようにささやけば、テオが少し困ったように笑った。

「こうしているだけなら、証も出ません。ここでやめてもいいですよ」

「ん……やめちゃ、いや……」

テオの胸に顔を埋《うず》めると、大好きな手が頭をなでてくれる。そしてそのまま私の力が馴染むまで、二人でたっぷりと甘い初夜を過ごしたのだった。

◇◇◇

「ユーリ、次は何が食べたいですか」

テオは私を膝に乗せ、寝室まで運ばせた食事をせっせと私の口に運んでいる。あれから私たちはたっぷりと愛し合い、テオの額の証は出なくなったけれど、私も動けなくなっていた。

「ん……甘やかし、すぎよ……」

掠《かす》れた声しか出せない私を労《いたわ》るように、テオが額に口づけを落とす。

「俺のせいで動けないんだから仕方ないでしょう。それに俺はいつだってあなたを甘やかしたい」

「でも……」

「あなたはこれまでずっと我慢してきたんだ。俺の前では好きなだけわがままを言っていい。あなたに振り回されるのは楽しいです」

私に振り回されたいだなんて、まさかテオにはそういう趣味があるのだろうか。怪訝《けげん》な顔をする私を見てテオが、ハハ、と声をあげて笑っている。食事の後に蜂蜜のたっぷり入ったお茶を飲んで、ようやく声が出せるようになった。

「ふぅ……結局、テオは英雄と呼ばれてるのね」

私たちの結婚にあたり、聖女と英雄が結婚するなどことさらにめでたいと、多くの人々から祝われた。

テオは英雄にならないことにこだわって魔竜を倒したというのに。

「別に呼び名なんてどうでもいいです。ただこんな聖女の意思を無視して、犠牲の上に成り立つ仕組みは変えなくてはいけません。かつての聖女の中には望まぬ王子との結婚生活がうまくいかずに苦しんだ方もいました」

王子との離婚といえば、日記の聖女のことを思い出す。

「ヘルドリーテ……」

「ご存知《ぞんじ》ですか」

「うん。ねぇ、テオは彼女がどうなったか知ってる？　第二王子と離婚してから水晶宮にこもってしまったのよね？」

「表向きの記録ではそうなっています。ただ、数年後に自分の生家に戻っているはずです」

「ヘルドリーテは幸せ……だったのかしら？」

私が聖女でありながら好きな人であるテオと添い遂げられるのは幸運なことだ。それはテオが英雄にならず実力と最小限の聖女の力のみで魔竜を倒してくれたからに間違いない。テオが英雄候補になってくれていたとはいえ、私はマウリッツ殿下や、アルトやジョナス、それかもっと他の人と結婚させられてもおかしくなかった。

「彼女が幸せだったかどうかは俺にはわかりません。ただ聖女ヘルドリーテの生家は元々彼女の婚約者だった人物が養子となって後を継いでいます。そして彼女が生家に戻った数年後には子どもが生まれ、さらにその子が後を継いだと記録に残っています」

「えっと、それって、どういうこと？」

「おそらくその子は聖女ヘルドリーテと婚約者だった人物との間にできた子でしょう」

「え！　つまりヘルドリーテは婚約者だった人と夫婦になれたの？」

「断言はできないですが、おそらく。聖女の再婚となると、公にはできない事情が色々とあったのだと考えられます」

婚約者の彼と結婚できなかったことを悲しんでいたヘルドリーテ。とても傷つき悲しんでいた彼女のその後の人生が幸せだったことを、私は願わずにはいられなかった。

「聖女の顔をヴェールで隠すようになったのは聖女ヘルドリーテのことがあってからです。聖女として過ごす間は人前で顔を隠しておけば、聖女でなくなったあともある程度は聖女だった過去を隠して生活できますから。彼女の他にも不幸な思いをした聖女は何人もいました。そのたびに聖女のあり方が少しずつ変えられてきたのです」

「私の今の幸せがあるのは、これまでの聖女の人たちのおかげなのね」

「なに他人事《ひとごと》のように言っているんですか。あなたにも変えてもらいますよ」

「え？」

「そもそもこんな聖女一人に依存する仕組みが間違っているんです。もし魔竜を倒す前に病気や怪我《けが》などで聖女が失われたらどうするんですか。今後は聖女や英雄がいなくても魔竜を倒せるようにしなくてはいけません」

「そ、そうよね……」

テオが聖女や英雄のあり方について、ずっと先のことまで考えているとは知らなかった。目の前の自分のことしか考えてこなかったのが、なんだか恥ずかしい。

「今回はあなたの力がなくては魔竜を倒せませんでしたが、未来の聖女のためにもまだまだ研究が必要です。あなたにも協力してもらいますからね。聖女はあなた一人しかいないんですから」

「え！　えっと、うん、わかったわ」

どうやらヘルドリーテの日記以外にも、聖女じゃないと読めないようにされている本がまだまだあるらしい。まずはそれらを読むように頼まれた。テオは聖女と関係なく私のことを好きだと言ってくれたけれど、ちゃんと私の聖女としての能力も認めてくれているようでなんだか嬉《うれ》しかった。未来の聖女のためにこの力を使うことができるのなら、それはとても素晴らしいことのように思える。

「俺が聖女の決まりを変えたのはあなたのためでしたが、これ以上不幸な想《おも》いをする聖女だって増やしたくありません」

「うん。ありがとう、テオ」

「どういたしまして。さて、まだ疲れているでしょう。もう少し休んでください」

ベッドに寝かしつけられながら、私はひとつ気になっていたことをテオに尋ねる。

「ねえ、テオ」

「なんですか」

「あのね、あなたのその言葉遣いは変えないのかしら？」

「言葉遣い、ですか？」

「うん、だって、私たちはもう聖女と護衛騎士じゃなくて、あの、夫婦……でしょう？　敬語じゃない時も増えてきたけれど、やっぱりまだ護衛騎士の時のような喋《しゃべ》り方をしてくることも多く、私は少しさびしく思っていた。テオは少し考え込むようにしながら、あごをひとなでした。

「これは戒《いまし》めみたいなもんです」

「戒め？」

「ええ。あなたの護衛騎士として、あなたの兄として、その立場を忘れないようにあなたとの間に線を引いていたんです。そして、決してこの一線を越えるなと自分に言い聞かせていました」

「え！　あ、そういう……。あの、じゃあ、それをやめるとどうなるの？」

「どうなると思う？」

テオはあごをなでていた手をはずして私の頬をゆっくりとなでると、艶《なま》めかしい笑みを浮かべた。獲物を狙うかのように鋭く細められた目の奥には、見覚えのある熱が浮かんでいる。その目を見ていたら、甘い初夜を思い出してしまい一気に頬が熱を持つ。

「あの、これ以上は、もう、ちょっと……」

「はい、わかりました」

うろたえるように目を泳がせる私に向かって、テオは護衛騎士だった頃のように澄ました声で頭をひとつポンと叩《たた》いた。ただその口の端がわずかに上がっていて、からかわれていたのだと気づく。

「もう……テオの意地悪」

「すみません。あなたの困った顔はたいそうかわいらしいもので」

「か……」

かわいいなんて言われ慣れていないから、それだけですぐに嬉しくなってしまう。そしてきっと、テオにもそれを見透かされているのが悔しい。

「テオのバカ！」

毛布を被《かぶ》ると、毛布の上からテオが優しく抱きしめた。

「ごめん、ユーリ。怒らないで。お詫《わ》びになんでも言うことを聞くから。俺になにかして欲しいことはない？」

テオがことさらに甘い声をだして、毛布からはみ出している私の髪に口づけを落とす。私は毛布から顔を半分出すと、上目遣いでテオを見つめた。

「……ギュッてして欲しい」

テオはほんの少し驚いた顔をしてから、すぐに満面の笑みを浮かべた。そしてベッドに入って私の横に寝そべって両手を広げる。

「ユーリ、おいで」

そのまますっぽりとその腕の中に収まると、テオの手が優しく私の頭をなでた。

「テオ、大好き」

「ええ。俺もあなたを愛しています」

テオに抱きしめられていると、あたたかくて、幸せで、胸がいっぱいになってくる。ふいに、あふれた想いが涙となってこぼれ落ちた。

「ユーリ、泣いているんですか？」

「えぇ。だって幸せなんだもの。ふふ、嬉し涙ね」

「泣き虫ユーリ。泣きすぎて干《ひ》からびないでくださいね」

テオが私の涙を吸いとるように目じりに口づけを落としたが、聖女の力をたっぷりとその身に馴染ませたテオは、その涙に触れてももう光をまとうことはなかったのだった。

あとがき

はじめまして、河津《かわづ》ミネです。
このたびは『絶対に、あなたとだけは結婚しない!!～嘘泣《うそな》き聖女は意地悪騎士との婚約を破棄したい～』をお手に取っていただき、誠にありがとうございます。こちらのお話は小説投稿サイトであるムーンライトノベルズで連載をし、２０２４eロマンスロイヤル大賞にてピーチ賞をいただきました。書籍化にあたり加筆・改稿をしたので、ＷＥＢ版を読んだ方にも楽しんでいただけるのではないでしょうか。またＷＥＢ版にしかないシーンもあるので、興味がある方はぜひ読み比べてみてください。

今回あとがきのページをいただけたので、少しだけ自分の話をさせていただきます。昔から私は少女漫画が大好きで、そこから女性漫画、そしてティーンズラブ漫画を読むようになりました。そんなある日、とある漫画と運命的な出会いを果たします。まだ連載中だった話の続きが気になって調べているうちに原作小説、さらには原作小説を連載していたムーンライトノベルズを知りました。これまで小説と言えばミステリーが主でたまに時代小説やファンタジーなどを読んできた私は、読んでも読んでも終わらない恋愛小説の山に感動して次から次へと読み漁《あさ》りました。ランキングや新着から好きな話を見つけ、お気に入りの作家ができたら書籍を買い、そして気づけば恋愛小説というものにどっぷりとはまっておりました。そして思ったのです。私も恋愛小説を書いてみたい——と。

二〇二一年九月、初めて書いたのは現代恋愛の短編小説でした。ムーンライトノベルズに投稿したところ、たくさんの方に読んでいただきました。頭の中に生まれるキャラを、生まれるストーリーを形にして読んでもらう、それはとても楽しい経験でした。思うように書けず苦しいこともありますが、こんなに楽しくて没頭できることを見つけられたのはとても幸運なことだと思います。さらには書いたものを本にしてもらえるなんて！

せっかくなのでお話についても少し。本当は想い合っているのに顔を合わせればついつい喧嘩腰《けんかごし》になってしまう二人、という関係性が好きで今作でも書かせていただきました。ユリアは自分の幸せをあきらめているところがあり、テオはそんなユリアをどうにかして幸せにしようと奮闘します。テオは真面目で誠実で大変一途です……が、同時に恋愛はとんでもなく不器用でした。書いていて何度も「いいから早く素直になれ！」ともどかしく思ったくらいです。その分ユリアには辛《つら》い思いをさせてしまいました。そんなユリアとテオのがんばりは、ぜひ本文でお楽しみください。アルトやジョナスもお気に入りで、それぞれを主役にして一本お話を書けそうです。もし機会があれば書いてみたいです。

素敵なイラストは氷堂《ひどう》れん先生にご担当いただきました。見ていただけたらわかると思うのですが、ほんっと最高ですよね!?　ユリアがかわいらしくて、テオがかっこよくて、初めてイラストを見た時には悲鳴をあげそうになりあわてて口を押さえました。赤髪ヒーローが大々好物なのですが、氷堂先生の描くテオが素晴らしすぎて、テオを赤髪にして良かったと心から噛みしめてしまいました。またユリアはかわいらしさの中に芯の強さも垣間《かいま》見《み》えて、それがまたとてもいじらしく、こんなユリアならテオはかわいくて仕方なかっただろうなとテオの気持ちになりました。テオとユリアに素敵な姿を与えてくださり、ありがとうございました。

最後になりますが、今回このように書籍化できたのはいつも応援して下さるみなさまのおかげです。読んでくださる方がいるからこそ、楽しく執筆できております。どれだけ感謝してもしきれません。本当にありがとうございます。まだまだ書きたいお話はたくさんあるので、これからも応援いただけると嬉《うれ》しいです。

また、丁寧にご指導いただきました担当さまをはじめ、このお話の出版に携わりご協力いただいたすべてのみなさまに感謝いたします。ありがとうございました。

それではみなさま、また別のお話でお会いしましょう。

河津ミネ

eロマンス ロイヤル

本書は「ムーンライトノベルズ」(https://mnlt.syosetu.com/top/top/)に
掲載していたものを加筆・改稿したものです。
この作品はフィクションです。実在の人物・団体・事件などにはいっさい関係ありません。

●ファンレターの宛先
〒102-8177　東京都千代田区富士見2-13-3　株式会社KADOKAWA　eロマンスロイヤル編集部

絶対《ぜったい》に、あなたとだけは結婚《けっこん》しない!!
～嘘泣《うそな》き聖女《せいじょ》は意地悪騎士《いじわるきし》との婚約《こんやく》を破棄《はき》したい～

著／河津《かわづ》ミネ
イラスト／氷堂《ひどう》れん

2025年3月31日　初刷発行

発行者　山下直久
発行　株式会社KADOKAWA
〒102-8177　東京都千代田区富士見2-13-3
(ナビダイヤル) 0570-002-301
デザイン　AFTERGLOW
印刷・製本　TOPPANクロレ株式会社

ISBN978-4-04-738275-6　C0093　　Printed in Japan
定価はカバーに表示してあります。

eR eロマンス ロイヤル 好評発売中

「俺がこんな風に笑うのは君にだけだ」獣人公爵の執着愛！

あんなに冷たくされたのに今さら番だとか意味が分かりません

那由多 芹　イラスト／m/g　四六判

努力家で平民ながら成績優秀なセイナは、人間嫌いで有名な獣人公爵子息ルディと良いライバル関係になる。卒業間近、彼から卒業パーティーのドレスを贈られ、ドキドキしながら当日彼を待つが現れず、二人はそのまま卒業することに。そして一年後――セイナの元にルディが瀕死という知らせが!?　彼の親友に頼まれセイナはルディの屋敷を訪れるが、突然ルディに噛みつかれてしまう！　実はセイナはルディの番だと告げられ……？

eロマンス ロイヤル 好評発売中

目指せ、推しとの円満離婚！……のはずが!?

無理に愛さなくても結構ですので
～推しキャラと一年で離縁する悪役令嬢のはずでした～

うづき　イラスト／唯奈　四六判

子爵令嬢のカティヤは自分が前世楽しんでいた乙女ゲームの世界の悪役令嬢に転生したことに気付く。推しである薄幸の美青年ルジェクを虐げ、最終的に彼をゲーム主人公に奪われるというイジワル妻キャラだったカティヤ。夫が主人公を好きになるのは運命だと思って、離縁されるまでに推しを心身ともに健やかにしようと決意し、自尊心が低すぎるルジェクの世話をするが……。なぜかルジェクはカティヤに甘い言葉を囁くようになり!?